CON UN PIE EN CADA LADO

CUENTOS DE LA DIÁSPORA ARGENTINA

RAFAEL PINTOS-LÓPEZ

DEDICATORIA

A todos los jóvenes argentinos que lamentablemente se vean obligados a irse del país. No se preocupen, la Argentina vive en ustedes.

EPÍGRAFE

"Aura me voy no sé adónde
Pa' mí todo rumbo es bueno,
Los campos con ser ajenos
Los cruzo de un galopito,
Guarida no necesito
Yo sé dormir al sereno.
...
No me nuembren que es pecao
Y no comenten mis trinos,
Yo me voy con mi destino
Pa'l lao donde el sol se pierde,
Tal vez alguno se acuerde
Que aquí cantó un argentino."

- Atahualpa Yupanqui

CONTENIDO

INTRODUCCIÓN

Después de 53 años en Australia, pensé que ya era hora de publicar estos cuentos cortos. Algunos son semi autobiográficos, o, como los japoneses los llamarían: *watashi no monogatari* (私 の 物 語, '*cuentos míos*'), algunos son pura ficción, y hay algunos segmentos que solo dan contexto a los cuentos cortos. Los títulos de estos últimos llevan un asterisco.

La migración humana es un fenómeno natural, como caminar. Ha ocurrido desde el comienzo de la humanidad, cuando grupos de *Homo Sapiens* salieron de Africa y comenzaron a vagabundear por el planeta. El subtítulo de este libro incluye el término '*diáspora*', que conlleva el concepto de migración, pero '*diáspora*' es una palabra más específica. Es un término griego que se usa para describir una población diseminada que se identifica con una patria en la que no puede vivir. Y a muchos de nosotros ya nos resulta imposible vivir en la Argentina. Se ha transformado en un país diferente del país en el que crecimos.

Para el momento en que me fui, el peronismo, políticos y militares codiciosos, décadas de corrupción e instituciones democráticas débiles habían transformado a la Argentina— que solía estar entre los países más ricos del mundo—en un infierno. Los jóvenes, desesperados por hacerse un futuro, comenzaron a irse a montones. Ese período marcó el comienzo del éxodo de los cientos de miles de argentinos que se fueron entonces y ahora viven en el extranjero. Las cosas no han mejorado. Por el contrario, con una nueva clase de peronismo populista/izquierdista, las cosas han empeorado mucho. Y el éxodo continúa.

Ya sea que uno quiera explicar la experiencia de la diáspora, dar un contexto a los cuentos cortos que siguen, o proporcionar la perspectiva de un argentino, es imposible dejar de referirse a uno mismo. Un famoso actor estadounidense dijo que amaba los relatos cuando eran oscuros, raros y extrañamente personales (o algo por el estilo). Bueno, creo que estos relatos se ajustan a esa descripción. En alguna otra parte de este volumen digo que hablar sobre uno mismo no es bueno. Pido disculpas, entonces, por haber caído en la trampa. En todo caso, creo que tendría que contarles brevemente cómo empezó esto de la diáspora.

LA SENSACIÓN DE IRSE *

*"Y ella dio a luz un hijo,
y él le puso por
nombre *Gersón, porque dijo:
He sido forastero en una
tierra extraña"*
– Éxodo 2:22

¿Quién dijo que parte de ser argentino es irse? La verdad, no me acuerdo pero, en realidad, no importa. Irse fue difícil. Aunque venir a Australia se sintiese como algo bueno. En la actualidad, Australia probablemente sea el mejor país del mundo. Y desde el principio fue como una madre que nos recibió con los brazos abiertos. En este país es fácil sentir que uno pertenece. Sin embargo, debo admitir, uno sigue siendo argentino, aun después de tanto tiempo.

Como explicaba, lo que me pasó les pasó a muchos otros latinoamericanos: había habido un golpe militar. El año era 1966. El General Onganía había depuesto al Presidente Illia. Las cosas se habían deteriorado a tal punto que a una familia joven se le hacía extremadamente difícil sobrevivir. Para 1968 me pareció que no tenía otra alternativa. Tenía que irme.

En ese momento Australia necesitaba inmigrantes. Cuando mi amigo Ernesto (Churan) Maranesi y yo solicitamos inmigrar, conseguir una visa de residente permanente era mucho más fácil que ahora. No había que hacer cola.

Pero pagar por el viaje no fue fácil. Teníamos fondos limitados. Yo tenía mi escasa indemnización del trabajo. Mamá vendió dos cuadros que amaba y me dio el dinero.

El plan que teníamos era tomar un buque de la *"Compagnie des Messageries Maritimes"* que salía del Canal de Panamá el 10 de mayo del '68 (¡hace ya tanto tiempo!). No teníamos suficiente dinero para los pasajes hasta Australia. Yo pagué por los pasajes del barco desde Panamá. Ernesto pudo conseguir dos pasajes hasta Quito en un vuelo de LADE (LADE era una aerolínea del Estado). Ésa iba a ser su contribución al viaje. Esperábamos que llegar desde Quito hasta Panamá sería fácil.

Lo peor fue despedirme de mamá desde el ascensor al bajar de su departamento. Estaba tan triste como yo, pero realmente quería que viniera a Australia. Lo que no sabíamos, ninguno de los dos, es que no nos veríamos más.

Salimos con Ernesto en el avión de LADE, con dos valijas de esperanzas y un montón de miedos que nunca los digo. Antes de llegar a Quito el avión hacía una parada en Lima por un día y una noche.

No teníamos plata para hotel así que, en cuanto llegamos, salimos a caminar por Lima y pasamos la mayor parte del día conociendo la ciudad. En cuanto oscureció volvimos al aeropuerto para dormir el resto de la noche en las butacas (por esas épocas, el Aeropuerto Jorge Chávez tenía unas butacas de cuero muy cómodas).

Tomamos el avión otra vez y llegamos a Quito. Ése fue el momento en que me di cuenta que ya no se podía volver atrás. Habíamos cruzado el Rubicón.

Descubrimos que no podíamos cruzar Colombia haciendo dedo—que había sido el inocente plan original— ya que el país estaba en medio de una guerra entre guerrilleros / narcotraficantes y el gobierno. Al final, tuvimos que conseguir un vuelo a Panamá. Nuestros escasos recursos ya eran casi inexistentes.

Salir del Canal desde la Ciudad de Panamá al Pacífico fue una experiencia inolvidable. Estaba anocheciendo y el Océano se sentía enorme. Pensé en Vasco Núñez de Balboa, el conquistador que cruzó el Istmo de Panamá por primera vez. Pero estábamos yendo mucho, mucho más lejos. El Pacífico, como la pampa, era ancho y ajeno. Terminó siendo mucho más grande y mucho más hermoso de lo que habíamos imaginado.

Pasamos días y días sin ver tierra firme. Descubrí que a veces el Pacífico puede estar tan calmo como un lago. Es como un espejo hasta donde da la vista. Algunas veces había cardúmenes de atunes o delfines saltando alrededor del barco. Y muy seguido, por la noche, se podían ver masas de peces luminosos.

Cuando llegamos Nuku Hiva, la capital de las Marquesas, muchos polinesios, hombres y mujeres, salieron remando en sus piraguas a saludarnos. Normalmente el barco anclaba a digamos unos cien metros de la costa. La gente de las islas subía a bordo y algunos bailaban mientras otros ponían su mercadería en mantas 'tapa' sobre la cubierta para venderla. En ese momento no nos dimos cuenta, pero estábamos presenciando algo histórico. Que yo sepa ya no lo hacen más en ninguna parte del Pacífico. Nos asombró el sonido del idioma.

Después pasamos cinco días en Papeete, Tahití, en donde las hermosas *vahines* pasaban zumbando en sus motonetas, con su hermoso pelo negro flotando al viento; los enormes yates de los millonarios se dejaban envidiar, y las flores crecían hasta en los cordones de las veredas.

Papeete era mucho más chica en esos días. La mayor parte de las casas y los negocios eran de madera. Todos los comerciantes eran chinos y hablaban un francés ininteligible y muy poco inglés. Pasamos cerca de Tonga y paramos en Noumea, Nueva Caledonia, y Port Vila, en lo que por ese entonces eran las Nuevas Hébridas.

Los últimos días se empezó a poner más fresco, hasta que llegamos a Sídney, el 10 de junio de 1968. Recuerdo claramente entrar a la Bahía de Sídney y pasar bajo el puente. Para ese momento ya estaba bien frío. Después de un mes en la Polinesia, teníamos un dólar entre los dos. El cónsul argentino, que había ido a recibir a los pocos argentinos que había en el barco, nos dijo, especialmente a Ernesto y a mí: "Chicos, vuelvan a casa. Este lugar es una mierda". Por suerte, no teníamos los medios y no podríamos haberlo hecho ni aun queriendo.

Desde Sídney teníamos que hacer dedo a Canberra (a unos doscientos cincuenta kms). Cuando empezó a oscurecer, cerca de Goulburn, pensamos que teníamos que dormir al sereno. Por suerte, aunque ya se había puesto muy oscuro, un militar que volvía de Viet Nam nos levantó. Necesitaba charlar con alguien para mantenerse despierto. Por supuesto, yo charlé con él mientras Ernesto dormía en el asiento de atrás porque no tenía idea de lo que estaba pasando. No me acuerdo de nada de lo que dijo el soldado. Estaba realmente cansado. Ése había sido el comienzo de la aventura.

Encontrar un trabajo en Canberra era fácil en ese entonces. La primer semana conseguí una entrevista y empecé a trabajar de cartero, después nos largamos los dos como peones de construcción, y por unos meses como asistentes de impresor, limpiando unas máquinas inmensas. Después Ernesto se fue a trabajar al Programa Hidroeléctrico de las Montañas Nevadas. Yo encontré trabajo en una biblioteca.

CODA

Los otros días, charlando con Ernesto me recordó esta historia que se me había olvidado.

Cuando estábamos pasando la noche en el Aeropuerto de Lima, esperando el vuelo e intentando dormir, un chiquito de unos nueve o diez años se nos acercó. Era un lustrabotas. Habló con Ernesto.

—Les lustro, señor?

Ernesto, muy cortésmente, le dijo:

— Mirá, chiquito, no tenemos plata. Somos muy pobres y viajamos muy lejos, a un lugar del otro lado del Océano Pacífico. No sabemos si nos va a alcanzar para llegar.

El chico estaba asombrado de que hubiera dos viajeros tan pobres que no podían hacerse lustrar los zapatos. Especialmente porque éramos blancos, con pinta de europeos. Él, como la mayoría de los lustrabotas de Sudamérica, tenía facciones indígenas. Nos miró bien, nos estudió un rato, y después se fue.

Como una media hora más tarde volvió con un grupo de ocho o nueve lustrabotas como él, que nos miraban sin poder creer lo que veían.

Sin decir una palabra, el chico se acercó a Ernesto, le tomó la mano, y le puso un puñado de monedas que había recolectado entre sus amigos. Después todos se fueron en silencio.

Quedamos como congelados. El momento nos había tocado en lo más hondo.

Había sido un encuentro de seres humanos en un lugar de tránsito. Uno de ellos había tenido un gesto hermoso. Era algo que no podíamos haber esperado. Él sabía que no iba a volver a vernos nunca más y—pobre como era— ese chiquito tuvo la increíble generosidad de recolectar dinero para dárnoslo. Un genio. Estoy seguro que habrá tenido mucho éxito en la vida. Por lo menos, así lo espero de todo corazón.

BUDA

A mi amigo Enrique.
Vos sabés quién sos.

*M*uchos de esos días medio vacíos y solos pensé en él. Muchos de esos domingos en los que uno termina de leer el libro y—todavía en *robe* al mediodía— empieza a considerar si todavía hay algo comestible en la heladera. Después de haber sido tan buenos amigos, de manera extraña, le había perdido la pista.

Habían pasado trabajos y noviecitas y casas. En mi caso, hasta dos matrimonios. Eran muchos años sin tener la menor novedad de él. Ahora me enteraba que estaba bien. En realidad, más que bien.

La persona que vi durante mi visita era la misma de siempre. Sin embargo, ahora es alguien más. Ya lo sé. Y todavía me parece mentira. Quizás por haber sido tan buenos amigos durante tanto tiempo.

~

EL PRINCIPIO de nuestra amistad no fue nada especial. Me acuerdo que el invierno recién empezaba. Era hermoso ver a la gente con camperas y chaquetas gruesas. Daba una sensación como de holgura, de prosperidad. En Canberra por esas épocas se sentía que todo el mundo estaba haciendo algo, que todo el mundo compartía un plan. De alguna manera la escena se me viene a la cabeza como teniendo colores mucho más intensos de lo que son ahora. Es posible que lo fueran: era mil novecientos sesenta y nueve, y todos éramos medio *hippies*, aunque algunos no nos dábamos cuenta.

Como buena pareja joven con bebés, Celia y yo andábamos ocupados buscando ramitas y plumas para armar nuestro nido. Habíamos ido al *Civic Centre* a comprar un televisor, que por supuesto íbamos a pagar en tres años. Me acuerdo que salíamos de *J.B.Young's* llevando una caja de cartón con el televisor, cuando lo vimos por primera vez. En realidad, él se acercó a hablarnos:

— *Excuse me, you're from Argentina, aren't you?* — la pregunta era medio difícil de entender: una, porque había un ruido bárbaro alrededor; otra, porque la entonación del inglés estaba matizada con acento salteño, cosa que es posible, aunque no se da todos los días; y la tercera, porque la voz sonaba como temblorosa. Se veía que estaba haciendo un esfuerzo bárbaro. En Enrique todo era simple y sin pretensiones, hasta el pelo, castaño y ruliento. Con un sombrerito y unos tiradores podría haber sido *Amish*, el pobre. Creo que era porque en él había algo saludable, algo de campo. Tenía varios años menos que nosotros, así que nos parecía un pibe. Me acuerdo que usaba una campera azul, con camisa Grafa y unos *jeans*.

—*Beg your pardon?* —dijo Celia, que era medio dura de oído en el mejor de los casos.

— No, les preguntaba si son argentinos. Los oí hablar cuando pasaban, y ese acento porteño es como una bandera al viento. Es un poco así ¿no les parece?

Nos gustó el cumplido. —Casi tirando a poético, me dijo Celia después, en el auto. A mí me pareció que eso de empezar a hablar diciendo "no", como excusándose, y terminar en "no", como pidiendo asentimiento, indicaba una inseguridad increíble. "Joven e inseguro", pensé.

Nuevos en Canberra, Celia y yo teníamos muy pocos amigos. De cualquier modo, quedamos en que viniera a casa un par de horas después, a tomar un café con nosotros. Apareció un rato antes de lo convenido. Celia sacó unos tazones con café humeante y nos largamos a charlar de mil cosas. Enrique parecía como hambreado de compañía, igual que nosotros. No fue difícil hacernos amigos. Por supuesto, estaba todo eso en común que tenemos los argentinos de la diáspora. Pero había bastante más: le gustaba la literatura; hablaba con toda soltura de gente como Ferlinghetti, por ejemplo. En esa época, oir a un argentino joven hablar de los *beatniks* no era una cosa tan rara. Ni de Kerouac, tampoco. Esa noche pasamos de *Howl* a Herman Hesse en unos minutos. Pero no nos quedamos ahí. Para las tres y media de la mañana ya no había ni café ni cigarrillos, y hasta le habíamos empezado a hacer mella a la yerba. Para las cinco, estábamos en pleno Cortázar. Aunque era mucho más joven que nosotros, Enrique era el tipo de persona que habría sido amigo nuestro en Buenos Aires.

Seguimos viéndonos. Muchas, muchas veces. La amistad con Enrique se fue afianzando a través de incontables cafés y salidas y mudanzas y viajes y proyectos juntos. Por supuesto, volvimos a hablar de literatura. Hablamos de religión y filosofía. Estaba muy interesado en el budismo zen.

— Lo que me fascina de los Beatniks—solía decirme, dándole pitadas a un bong de bambú que se había hecho—es cómo se mezclaban sin dramas con drogadictos y mendigos. Poder andar por ahí sin barreras. Vivir en un mundo de adultos que no tienen ni reglamentos ni familia ni responsabilidades. Absorber esa experiencia medio animalesca. Como hacerse amigo de lobos. Quizás por ahí ande la verdad, si es que existe, la muy puta.

Yo, alentando su inocente imaginación un poco sobradora-mente, le contaba anécdotas de un primo segundo mío, de familia muy bien, que cada año y medio más o menos, se iba por ahí de vagabundo, pero no como los chicos de ahora, sino de linyera de veras. Vivía meses sin un mango, como los lirios del campo, y después aparecía en su casa, cansado y mugri-ento. La familia sabía que no había que hacer preguntas. Al tiempo, él solo se iba abriendo con los demás, y por ahí, alguna sobremesa que otra, salían a la superficie las historias de viajes y aventuras.

Enrique y yo sabíamos que muchos autores habían tratado el tema y que no era coincidencia. Definitivamente había una línea que iba, por ejemplo, del surrealismo de Horacio Oliveira y su famosa experiencia con los *clochards*, al budismo zen. ¿Dónde estaba el camino? Enrique se reía de que yo había ido a aprender japonés para poder leer a Suzuki. Un sueño loco. Y sin embargo iba a trabajar a la oficina todos los días.

¿De qué manera se podían reconciliar la palabra *"satori"* con la palabra "periodista"?

La década del sesenta fue una época de búsqueda en el Occidente. Los jóvenes querían encontrar algo espiritual que no se podía encontrar acá. Muchos habían ido a la India. Muchos fueron al Tibet y a Japón. Quizás vivir acá fuera cómodo pero no llevaba a la sabiduría, a la felicidad, ¿ni a estar un poco más contento con la vida?

Las drogas y las alucinaciones inducidas te daban una idea transitoria de cómo podía ser. Los Beatles lo andaban buscando. Por un momento pareció como si los hongos mágicos, Ravi Shankar y Santana te podían guiar hasta ahí. Por lo que yo sabía, ningún occidental había oído el aplauso de una sola mano.

— Vos sos un oximorón con patas—me decía con su voz salteña— ¿dónde viste un periodista zen? No existe, negro. Tenés que largar y empezar de nuevo.

— Lamentablemente no se puede volver el tiempo atrás. Lo único que puedo hacer es acercarme al asunto por donde se me dé. Hay gente a la que el destino la lleva hacia ciertos lados. Hay monjes que para iluminarse hacen lo mismo todos los días, durante toda una vida. Y hay locos a los que les pasa de la noche a la mañana. Pero existen muchos caminos hacia el *satori.*—intentaba contestarle yo, medio ofendido.

— No jodas, che, a vos te parece absurdo que Siddharta termine siendo botero. Lo absurdo sería que fuera otra cosa, ¿te das cuenta? No hay gerentes, ni diputados, ni profesores universitarios que siquiera se acerquen a la sabiduría. No que yo sepa, *anyway.* No es Oriente contra Occidente como vos creés. Algunos griegos andaban cerca, no te olvides que

Diógenes vivía en un barril; debía ser bien piola el viejo. Si es un asunto de clase social, o política, acordate que siempre la izquierda está más cerca de la verdad.

La voz tenía un poco de acusación, y la acusación era de que yo era medio mojigato. Para llegar a algún lado había que largarse, y no había límites que lo pudieran detener a uno.

Al año, más o menos, Enrique se fue a hacer su versión de la *Grand Tour* por Europa.

Las cartas y las postales empezaron a llegar desde el barco. Fotos de Sudáfrica, después, largas cartas desde Alemania y Francia. El viaje pasó a ser una peregrinación literaria. Enrique mandaba recortes de diarios, tarjetas, pedazos de papel que tenía a mano, desde el *Café des Deux-Magots* y lugares por el estilo. Después de unos meses, las cartas empezaron a ralear. Llegó una desde Kensington, y después nada. En esa época uno, desde este lado, no tenía manera de ponerse en contacto, porque el tipo andaba de un lugar a otro y, para el momento en que nos llegaba una dirección, ya se había ido.

Pasaron dos años. En algún momento alguien me dijo que Enrique volvía, así que averigüé la fecha y el número de vuelo y ese día me fui al aeropuerto a esperarlo. Cuando bajó del avión, ni la familia lo reconoció. El cambio, por lo menos en la superficie, era extraordinario: lucía un afro como de unos cincuenta centímetros de envergadura, barba, botas plateadas hasta la rodilla, campera muy cortita, y una capa roja arriba. Tenía *beads* por todos lados, y estoy seguro que el aroma de *patchouli* les debe haber resultado bastante insufrible a las pobres azafatas. Parecía como si se hubiera sumergido en perfume.

Como decía, ser joven es buscar. Y la búsqueda de Enrique se había cruzado con la tangente del *hippiedom* en un *squat* de Londres. Había encontrado una identidad que le resultaba bastante cómoda. Es posible que no hubiera estado hecha a medida para él, pero andaba cerca.

El cambio de apariencia era total. Las ideas eran las mismas, aunque cualquiera podía notar que estaban un tanto más refinadas. Por ese entonces, la noción de que Enrique fuera *focussed*, como se dice en inglés (u obseso, como arriesgarían algunos en castellano) no se me había pasado por la cabeza. El gran cambio que se notaba a partir del viaje a Europa era más que superficial: Enrique tenía un plan y lo estaba aplicando a su vida.

Volvimos a las largas charlas armados de tazas de café y porros de marihuana. Volvimos a la literatura y al zen. La única diferencia era que ahora Enrique había adoptado una vida muy de alternativa que yo no conocía del todo. Antes, la diferencia de edad me había dado la posibilidad de contarle experiencias medio paternalmente. Ahora me resultaba muy difícil darle consejos sobre la vida a alguien que había pasado seis meses en una granja de rehabilitación para drogadictos. Enrique nunca había hecho drogas duras, pero había vivido con ellos porque tenía amigos que eran *junkies*, porque le salía casi gratis y porque había aprendido a aceptar muchas cosas que yo no podía aceptar.

Un día habíamos ido a pescar a Scrivener Dam, que es un lugar tranquilo y bastante macanudo para las truchas. Enrique pescaba bien aunque de vez en cuando le agarraban esos escrúpulos que tienen los vegetarianos, cosa que yo exacerbaba con mis bromas. Lo puedo ver, en cuclillas, desenredando una línea, cuando se dio vuelta y me dijo:

— ¿Vos te das cuenta, negro, que la gente como Buda, como Jesucristo, como Lao Tzu, usaba parábolas y símiles y figuras por el estilo? Lo mismo que los monjes japoneses con los *koan*. ¿ Te parece que nuestra lógica distorsionará tanto? ¿Estaremos tan tarados que nos tienen que explicar las cosas con figuritas? —Enrique me hablaba a mí, pero era como si se estuviera cuestionando a sí mismo en voz alta.

— Vos sí que no tenés puta idea de lo que te pasa alrededor. Si andás volado casi todo el día. No, hablando en serio, me imagino que lo hacen porque no hay otra. Es como querer explicarle a un ratón lo que le pasa por la cabeza a un ser humano, más o menos lo mismo. Mirá, estoy seguro que haber alcanzado el *satori* significa entender porqué hoy, por ejemplo, se me vino a la cabeza una mañana de invierno en Playa Grande mientras me afeitaba, o porqué…

— Sí, eso también, pero para eso hay explicaciones fisiológicas y psicológicas. Es como el *déjà vu*. Lo importante es entender porqué lo absurdo también tiene sentido. El sonido del árbol que se cae en el bosque y esas cosas. Lo importante tiene que ser poder entrar en la vida ilógica, si me entendés, poder rajarse de toda esta mierda aristotélica que nos meten desde que somos chicos. Entender es ser libre. Puta, sería tan hermoso, ¿no? Uno casi lo puede presentir.

LA CASA de plan de vivienda a la que se fue a vivir estaba bastante viejita. Era de mil novecientos treinta o por ahí. Alguien la había abandonado y una comuna de *hippies* la ocupaba alegremente. Esa época me vuelve medio como una nebulosa a la mente. Aparte del árbol de papel maché en el medio del *living room*, la imagen más clara quizás sea la de las paredes interiores de la casa, casi inexistentes, carcomidas por enormes boquetes tamaño puerta. Los *hippies* andaban por esa casa abierta, en un constante y lento hormigueo cargado de droga y artesanías coloridas. Enrique y su novia tenían una cucheta en el piso de arriba.

Un año después, alguien trajo novedades de Bhagwan a la comuna.

A Enrique no le tomó demasiado meterse con todo.

A mí me costaba entender tanta dedicación. Tanta devoción a esa doctrina oscura que terminó siendo un fraude, una estafa de un falso *guru*. En el caso de Enrique, era como si los objetivos le hubieran crecido desde el cuerpo y se le hubieran extendido a la ropa. Pero es que en esa época yo tampoco me daba cuenta que las realidades eran muchas. Para mí las cosas eran en blanco y negro, y había verdades y mentiras.

Lo seguí viendo un par de años. Siempre vestido de anaranjado, con un collar de cuentas y un retrato de Bhagwan colgado del cuello. Seguimos charlando sobre las cosas de siempre, pero la espontaneidad había desaparecido. A mi modo de ver, era como tener un amigo cura, aunque la situación era muy diferente.

Supe que se fue con su mujer a un *ashram* en Poona, en la India. Al año siguiente, alguien me dijo que lo había visto en una granja que tenía Bhagwan en Oregón. Después vinieron todos esos años de silencio.

~

EL AÑO PASADO, para Navidad, un amigo que trabaja en el *Sydney Morning Herald* me ofreció colaborar en un trabajo en

Los Angeles. Era con el diario *Los Angeles Times*. Se trataba de una comparación entre el multiculturalismo en Australia y la vida de la colectividad chicana en California. Muy interesante. Por supuesto, agarré viaje sin pensarlo demasiado. No me tomó ni un segundo.

Hacía mucho que Celia no estaba conmigo. Mis hijos ya eran hombres. Me podía movilizar de un día para otro *on assignment* sin tener que estar pensando en responsabilidades de mayor importancia: no había nadie que quedara esperando con la cena en el horno.

Convencer a Jenny, mi vecina, para que le diera de comer a Sweetie y sacara la correspondencia de la *letterbox*, no fue demasiado difícil. En cuanto terminé con esos detalles, lo único que me quedó por organizar fue la ropa en la valija.

Después de un viaje fantástico, gracias al estatepiolita que nos tomamos con mi colega al salir de Sídney, llegamos casi sin *jetlag*, como al mediodía. Dejamos las valijas en uno de los moteles de alrededor del aeropuerto, y salimos como tiro para *East L.A.*, a entrevistar a dos personajes de la colectividad chicana que, entre paréntesis, resultaron tipos bastante macanudos. No teníamos demasiado tiempo, así que la parte social del viaje fue un tanto limitada.

Por suerte hubo unos pocos momentos en los que pude charlar de generalidades con una de las dos personas que íbamos a entrevistar, una pintora mejicana que se dedicaba a enormes murales de tintes verdosos tirando a orgánicos. Nos pusimos a hablar sobre el catolicismo y las procesiones, sobre el colorido y las hermosas expresiones en las caras de la gente en momentos como ésos. Ella estaba de acuerdo conmigo que en lugares como México y el Sur de España las procesiones eran una cosa increíblemente arraigada y sentida a fondo. Más que en otras partes del mundo, creía.

Después de haber visto el fervor de los sevillanos en Semana Santa, lamento que el asunto no se haya mantenido más en la Argentina, o por lo menos en Buenos Aires, porque me imagino que en lugares como Salta o en otras provincias del Norte, las procesiones deben seguir siendo muy tradicionales y muy de veras. Es parte de ser latinoamericano o de ser hispano, como los gringos nos llaman acá en *L.A.*

— Oye, qué interesante que me digas eso: hace un par de días estuve hablando con un amigo salteño que me quiere convencer para que vaya a Salta a pintar las caras de la gente de allá. El también estuvo en Australia, así que quizás lo conozcas.

En ese momento quise explicarle que eso es lo que siempre nos pasa cuando salimos de Australia: la gente te dice "— Ahh..., yo tengo un amigo que se llama Jacob y vive en Perth, por ahí lo conocés": en realidad la superficie de Australia es tan grande como los Estados Unidos o como Brasil, y tiene casi veintiséis millones de habitantes. Iba a empezar a decirle eso, pero no llegué a abrir la boca.

— Se llama Enrique González Lucca— la vi sonreírse al notar mi asombro ante el mundo, que estaba cada día más chico. Por supuesto, en seguida le pedí el número de teléfono y la dirección para ir a verlo.

Normalmente encuentro que los anocheceres en los Estados Unidos me causan una sensación casi física de soledad, de humildad. No sé, un poco como estar en un barco, en medio del océano y salir a la cubierta en plena noche. Uno se siente chiquito. Creo que la sensación en Estados Unidos también tiene que ver con lo inmenso que es todo. Y no importa qué esté haciendo uno, o con quién esté. Especialmente en Los Angeles. Especialmente en Navidad.

La tarde estaba tirando a fresca. El taxista—un morocho charlatán que posiblemente me haya llevado a dar más de una vuelta innecesaria—me fue contando cómo le habían dado un ascenso a su cuñado, que había empezado como electricista para Otis, porque, me decía, "Ése sí que sabe hablar". Al llegar a la dirección que tenía anotada, bien en la punta de Annaheim, me encontré con un chalet tipo suburbio de L.A., sencillo pero bastante más burgués de lo que esperaba.

Enrique me estaba esperando en el jardín. Tenía un brazo sobre el hombro de Lupita. Mientras el taxi entraba al *driveway*, discutían cómo podar un mirto. Ella era una belleza latina, amplia, sonriente, de pómulos altos y pelo renegrido, atado en una sola trenza. A él se lo notaba bastante más gordo de lo que yo lo recordaba, en sus *dungarees*, y con los rulos casi totalmente encanecidos.

Como solo pasa con los buenos amigos, fue como volvernos a ver después de un par de días. Las carcajadas de Enrique retumbaban por la casa. Lupe se reía también, quizás sin darse cuenta, y su risa tenía un efecto mágico. Iluminaba el ambiente. Todo era contagioso. Y estoy seguro que ella apenas entendía porqué las anécdotas tenían la gracia que tenían.

Después de una cena demasiado mejicana para mi gusto, pero bien sabrosa, Enrique y yo nos sentamos un rato más con dos enormes tazones de café, mientras Lupe planchaba, a la distancia, distraída en su mundo.

— ¿Y...? —levanté la cabeza, cuestionando. La pregunta era escueta pero bien abarcadora.

— Mirá, la carpintería siempre fue lo mío. Aparte, acá en California uno no puede dejar de estar cómodo. — Enrique me estaba esquivando la respuesta con la cosa chica.

— Sí, pero ¿por qué Los Angeles? ¿por qué carpintero acá? ¿cómo te decidiste a hacer esto? ¿Es esto lo que querés hacer?

—Ahhh... — la cara le cambió y tomó un matiz distinto, como distante — ¿Por qué no?, bueno, en realidad no hay una respuesta. Y no hay una respuesta porque no es importante. Vos no te preocupes, donde sea que esté, y haga lo que haga, voy a ser feliz, estoy seguro. En fin, es largo de explicar. Dejame que te cuente algo: en Yakarta conocí un holandés que era daltónico. Wilheim se llamaba, me acuerdo. Pobre tipo, veía solamente en blanco y negro. Te imaginás. Toda la vida, viendo las cosas en blanco y negro, ¿qué maldición, no? La cuestión es que un día, charlando de boludeces, me contó que él una vez había visto colores. Le había pasado de repente, volviendo de un partido de fútbol en Surabaya. Dice que fue como una explosión. Paró el coche y miró alrededor. Y vio la escena más hermosa de su vida. Todo en *technicolor*. Vio el color rosado de su piel, el marrón de los zapatos que tenía puestos, los detalles de una revista que había dejado sobre el asiento de al lado. Vio el verde de las plantas que lo rodeaban y el gris del camino con reflejos verdosos que brillaban a la distancia. Descubrió que su coche era de un borravino subido. Y vio matices y mezclas de colores. (Cuando Willy me lo contaba yo me imaginaba algo irreal y fantástico. Ficción transformándose en realidad y viceversa. Pero la experiencia, en la vida real, no es como la de *Don Juan*, el de Castañeda, nada que ver con San José de Cupertino, levitando en la iglesia). Lamentablemente, al pobre Willy la visión le duró unos quince minutos. Me sentí muy mal por él. Era su *karma*, me imagino. Pero qué jodido, ¿no? Lo interesante es cuando uno puede ver los colores y el cambio es permanente.

Lo que Enrique me estaba contando era una parábola y una metáfora. Sabía que me había tomado por sorpresa y que yo estaba intentando entender el significado.

— ¿Qué me querés decir? — la ansiedad de la pregunta me cambió el tono de la voz.

— Hay maneras y maneras en que la gente puede entender las cosas. Mucha gente no puede aceptar que todo fluye, que todo cambia. Yo entiendo, hasta en el más ínfimo detalle, cómo vos y yo somos la misma persona. Pero no hay misticismo, no hay nada sofisticado. Solamente lo sé.— La sonrisa, que ya le había vuelto a los labios, se transformó en una carcajada.

— No me jodas, Enrique ¿de veras? —la parábola se fue haciendo cada vez más clara— Yo soy el que no se podía reconciliar con la idea de que Siddharta fuera botero.

— Ahh… me dijo, largándose en inglés — *but then you were young, and the Gates of Wisdom are rarely open to the young*, como vos bien sabés. Hay un camino, y hay práctica. Práctica. Lo hemos charlado mil veces. Un día se llega al total desprendimiento, eso es todo. Uno es. Y no es.—Dijo, humildemente. En ese momento la sonrisa de Enrique irradió algo totalmente indescriptible que la hacía sentir irreal.

Entendí que estaba ante una presencia grandiosa. Había una luminosidad espectacular, mezcla de amor y verdad, que permeaba todo el cuarto y me llegaba hasta los huesos: Buda.

— *I'm impressed, man*— le dije, sin esperar respuesta —comenzaba a sentir lo augusto de su presencia— Lograste ...

— Soy feliz. Y carpintero. Veo las cosas con toda claridad. Punto. — En ese momento flotaba una increíble sensación de felicidad a su alrededor. Me fue transmitida como por ósmosis.

— ¿Andás en algo más? — le pregunté, un poco perdido.

— Si te querés a vos mismo y querés a la gente, no hay mucho más que puedas hacer.

Después del abrazo, y la despedida, después de las risas en el jardín, al lado del *driveway*, la sensación de irrealidad no se me iba.

— *Where are you goin'?* — preguntó el taxista sin demasiado interés.

—*Holiday Inn. The one near the airport.*

—*OK. No problem.*

Le dije que le notaba algo de ruso en el acento. Me contó que era de Azerbaiyán. Se volvía a Baku en dos semanas. A toda su familia le había ido muy bien con lo del petróleo. Él era el único —me dijo— al que se le había escapado la oportunidad por intentar demasiado, por irse a América a hacerse rico.

EL OCCIDENTE COMIENZA A CONOCER EL ORIENTE*

> *""Así como el granjero irriga el campo,*
> *el flechero arma la saeta,*
> *y el carpintero da forma al leño,*
> *así el sabio amansa su ego."*
> *- Dhammapada*

*E*spero te haya gustado el primer relato del libro. Según me parece, los cuentos cortos tienen que incluir ideas que el autor quiere compartir con el lector. A menudo, ésas son ideas que el autor siente que *tiene* que compartir. Quizás te interese saber algo más sobre el tema. No sobre Enrique, no sobre el cuento. A menos que uno sea el Dalai Lama, no se puede explicar cómo llegar a la iluminación. Uno se pregunta además si la iluminación es realmente algo posible. En este segmento hablo sobre Buda y la filosofía oriental en general. Y sobre el Occidente, por supuesto.

La idea del primer cuento parece un tanto básica pero, que yo sepa, no ha sido explorada por muchos. Como te habrás dado cuenta, es la posibilidad de que alguien que conozcamos llegue a la verdadera iluminación. Un amigo o conocido que llegue a ser algo como una reencarnación de Buda. Improbable. Pero posible.

¿Por qué es improbable? Bueno, se sabe de muy pocas personas que hayan logrado la iluminación. Hay personas con mucho conocimiento, personas muy sabias, personas más sabias que el resto de los mortales, ¿pero iluminadas? Muy pocas. Especialmente en el Occidente. Ya veremos por qué.

El cuento es casi biográfico, porque mi amigo Enrique (que no es su nombre de veras) es una persona real. Yo solo imaginé la posibilidad de que lograra su sueño. Además de eso, es un relato sobre el status de Buda. Pero no de Gautama, no es una anécdota sobre la vida de Buda, como ya has visto.

Los magos nunca cuentan cómo hacen sus trucos. Eso destruiría la ilusión. Pero un cuentista no es un mago. Se nos permite contar cómo llegamos a una idea. Cómo la idea se hizo relato. Y, tal como digo al principio, hay ideas que uno siente la obligación de compartir. Hay mensajes que tenemos que pasar, como en una carrera de relevo, a nuestros contemporáneos y a las generaciones futuras. Uno de esos mensajes, creo yo, es el hecho de que—*a contrario sensu*—las personas muy influyentes, las personas que se han establecido como referentes, las personas que admiramos, también son seres humanos. El hecho de que esas personas comparten nuestra humanidad, que son parte de un *continuum* de conciencia en el tiempo-espacio —tal como nosotros. Mostrar que una persona que conocemos muy bien puede adquirir las mismas cualidades que uno de ellos, que puede pasar a ser uno de ellos, prueba esa humanidad compartida.

Hace algunos años pinté una mano de Cristo, clavada a la cruz, pero con suficiente detalle como para mostrar las uñas sucias. Por supuesto, sin intención de blasfemar. Solo quería mostrar que Jesús era tan humano como nosotros. En la versión griega de la Biblia se lo describía como *tekton*, un constructor. Creo que podemos admirarlo todavía más si sentimos que compartía nuestra humanidad. Que tenía un cuerpo y una mente, igual que nosotros. Que tendría flaquezas.

Creer que era Dios o que no lo era, eso es un asunto aparte. Pero sería difícil no admitir, sin embargo, que fue el hombre más extraordinario del mundo.

Por una de esas casualidades, la mano de Cristo en el cuadro es la de Enrique, que es carpintero en la vida real. Pero hablemos de otras personas. ¿Qué hace que algunos seres humanos sean especiales? ¿Por qué Leonardo fue un gran ser humano? ¿Era Winston Churchill un genio? ¿Era Napoleón un genio? Todos ellos tuvieron grandes falencias de una manera o de otra. Al mismo tiempo, a muy pocos se les ocurrirá que no fueron grandes seres humanos. Creo que Buda fue por cierto, un gran hombre. Y el concepto que introdujo, la iluminación, una inspiración para todos.

Me parece que todos estamos de acuerdo en que la literatura debe ser entretenimiento. Yo creo que la buena literatura debe ir más allá del entretenimiento. Siempre. Quizás estoy siendo demasiado obvio, pero no estoy seguro de que esto le quede claro a todo el mundo. Dejame que te dé ejemplos: estoy hablando de la diferencia entre los *bestsellers* que uno lee en la playa y Dostoyevsky. Es la diferencia entre *El Código Da Vinci* y *Mil novecientos ochenta y cuatro*. Uno es puro entretenimiento y el otro es entretenimiento con mensaje. La diferencia para el lector va más allá de la calidad: uno es opio y el otro es cultura. A propósito, no estoy diciendo que este cuento en particular sea buena literatura. De acuerdo con la lógica que aplico, toda la buena literatura tiene que tener un mensaje. Pero eso no quiere decir que toda la literatura con mensaje sea buena.

Volviendo a los conceptos originales que expresamos acá, ¿por qué es que el Occidente no es el mejor lugar para lograr la iluminación? Bueno, hay diferencias importantes entre el Oriente y el Occidente. Las bases filosóficas sobre las que se basan esas culturas son diametralmente opuestas. ¿Cómo es eso? Una se basa en el propio interés o el ego, y la otra, en el altruismo o lo compartido.

El Occidente ha sido profundamente influenciado por el cristianismo, que es una mezcla de judaísmo y pensamiento griego. En cierto modo, el Occidente es producto del cristianismo. El individualismo integrado como parte de nuestra cultura proviene de los idiomas europeos y de la filosofía aristotélica pero también de San Pablo, San Agustín y Santo Tomás de Aquino, que le agregaron filosofía griega al mensaje de Jesús. Eso le dio a la filosofía aristotélica un aire de misticismo, y al cristianismo un aura de veracidad. El "ego" es un elemento central de ambos. La filosofía griega desarrolló el concepto del alma individual y el cristianismo estableció que el alma individual era también inmortal. De un cierto modo, el Occidente creció junto con el cristianismo. Ese crecimiento incluyó la aparición de conceptos como la verdad objetiva y el pensamiento crítico. La ciencia surgió en forma natural de esas dos ideas. La verdad objetiva es una conclusión lógica del solipsismo occidental. De acuerdo a ella somos seres separados. Nuestro ego es algo separado del universo; por lo tanto podemos estudiar el universo como un objeto. Es un objeto a ser analizado. De ahí la ciencia. El Oriente y algunas escuelas del pensamiento griego, como Heráclito, encuentran que eso es un imposible, ya que el sujeto y el objeto son la misma cosa y, aparte, todo es dinámico. Todo cambia.

En el Oriente, durante los siglos IV y V AC, Siddharta Gautama fundó un nuevo movimiento llamado budismo. Algunos lo consideran una religión; para algunos es una filosofía; para otros, solo un estilo de vida. Como decíamos, Buda pensaba que la vida era algo dinámico. La vida pasa. El tiempo pasa. Todo es transitorio. Querer aferrarse a algo transitorio como si fuera permanente causa infelicidad. En resumen, enseñó la manera de abandonar las cosas y las situaciones impermanentes. Le pasó lo mismo que a Jesus: dos siglos después de su muerte se lo declaró el Salvador, el Buda, el Iluminado.

Un santón mítico llamado Bodhidharma llevó el budismo desde la India al Sur de la China, en donde creció. En el Norte prevalecía el confucianismo. En cierto modo, tenía raíces comunes con el budismo. Ambos habían sido influenciados por las enseñanzas de un personaje legendario, Fu Xi, que había escrito el *I Ching*—o *Libro de los Cambios*— que era un libro y un sistema de adivinación. Data del siglo X AC e incluye principios y directrices para lograr una vida feliz. Ha sido descrito como "una corriente viva de profunda sabiduría humana". Ambos, Lao Tzu y Confucio conocían el *I Ching*. Entre otras cosas, el *I Ching* enseña sobre modestia, paz y control. También muestra las influencias negativas del ego: miedo, ansiedad, ira, deseo, y otros malos sentimientos.

Desde el Sur de la China, el budismo Mahayana llegó al Japón, donde devino un tipo similar de budismo llamado Zazen, que se abrevió a Zen. Hasta el día de hoy, el Zen coexiste con el Shinto, o culto de los antepasados.

Los primeros contactos con el Oriente, los de viajeros como Marco Polo por ejemplo, fueron relativamente pocos. Europa estaba extremadamente interesada en comerciar con el Oriente como así también en su arte, religiones y filosofías. Pero había un obstáculo físico entre Europa y el lejano Oriente: Islam.

Aquí, quizás deba incluir un poco de contexto histórico. Desde principios del siglo VIII AC, la Península Ibérica había sido invadida y ocupada por los moros. Europa estaba rodeada de naciones musulmanas en tren de guerra que dificultaban mucho el contacto y el acceso al comercio con el Lejano Oriente. Los piratas de la costa berebere y los otomanos se enseñoreaban en el Mediterráneo, aterrorizando las poblaciones costeras de Europa. Las Cruzadas fueron, entre otras cosas, un intento de romper el cerco, pero finalmente no lograron su cometido. En 1453 los turcos otomanos tomaron Constantinopla, que era el último bastión de lo que había sido el principal imperio cristiano que quedaba: Bizancio. Para 1492, después de la caída del reino musulmán de Granada ante las tropas de los Reyes Católicos, Europa comenzó su expansión para lograr acceso al comercio, en particular acceso a las especias, que eran algo vital para hacer que los alimentos se mantuvieran en buen estado por períodos más prolongados. Los portugueses y los españoles comenzaron con sus expediciones hacia lo que llamaban "las Indias" alrededor de Africa y a través del Atlántico. Los otomanos continuaron adentrándose en Europa hasta que, en 1571, la Liga Sacra, una coalición de estados católicos, les infligió una masiva derrota naval en Lepanto. El Mediterráneo estaba de vuelta en manos europeas. Mientas tanto, las carabelas portuguesas y españolas habían alcanzado la India, China y el Japón. Ése fue el comienzo de la fascinación europea con sus culturas, filosofías y religiones.

Al llegar los siglos diecisiete y dieciocho, los europeos habían adoptado estilos de decoración llamados 'chinoiserie', que copiaban motivos y técnicas chinas en muebles y telas.

Pero en Japón, después que los misioneros jesuitas lograran sus primeras conversiones al cristianismo en el siglo XVI, el Shogunato Tokugawa, temeroso de la influencia occidental, cerró el país por mas de doscientos años (para entender ese período recomiendo la película 'Silencio' de Martin Scorsese). En 1852-54 los norteamericanos, bajo el mando del Almirante Perry, impusieron la apertura del comercio, lo que resultó en la Restauración Meiji. El Occidente, volvió a quedar fascinado con el Oriente y su estética. Por esas épocas, la laca 'tipo japonés' imitaba el sofisticado trabajo de los artesanos japoneses y Giacomo Puccini componía 'Madama Butterfly'.

La reapertura del contacto significó que personas como Ernest Fenollosa, un académico norteamericano, pudiera dedicar su vida al estudio de la cultura, la literatura y el arte japoneses. Fenollosa vivió un tiempo en Japón y terminó convirtiéndose al budismo. Él y su asistente, Okakura Kakuzo, fueron muy influyentes en la re introducción de la cultura japonesa y en el renovado interés académico en el budismo en Occidente. Durante el tiempo en que duraron sus estudios, Fenollosa descubrió antiguos rollos con escritura china. Monjes viajeros habían llevado esos rollos con las enseñanzas de Buda desde China a Japón. Muchos de sus descubrimientos fueron importantes. A la muerte de Fenollosa, su viuda le cedió sus escritos a Ezra Pound, quien publicó traducciones de poesía china y obras de teatro Noh. Mientras tanto, autores como Herman Hesse (*Siddharta, El juego de Abalorios*) y un tanto después Alan W. Watts ('*El sendero del Zen*', '*El Libro*') explicaron principios y prácticas a los lectores occidentales, o introdujeron esos principios en historias y novelas.

Durante las décadas de los cincuenta y sesenta, los escritores de la generación Beat como Jack Kerouac y Allen Ginsberg, entre otros, comenzaron a explorar las costumbres y hábitos orientales además de experimentar con drogas. La contracultura norteamericana en especial se basó en la filosofía y las creencias orientales.

Con su libro '*Una introducción al budismo Zen*', D. T. Suzuki, un académico y traductor japonés, que enseñó en varias universidades occidentales y japonesas, hizo mucho por popularizar la cultura oriental en el Occidente.

A partir de experimentos en meditación y arte oriental, artistas de la vanguardia literaria, alentados por académicos como Timothy Leary, pasaron directamente al uso de hongos, LSD, peyote y otras drogas psicodélicas. Algo que surgió de eso fue el libro '*Las enseñanzas de Don Juan*', de Carlos Castañeda, seguido por una serie de libros sobre shamanismo, mayormente de ficción.

El movimiento hippie apareció después de los Beatniks. George Harrison, al que luego siguieron el resto de *Los Beatles*, se hizo amigo de varios músicos asiáticos—Ravi Shankar fue el más importante entre ellos—lo que dio un increíble empuje a las incursiones en la cultura oriental.

Luego de la tendencia musical y filosófica establecida por personajes célebres, muchos jóvenes viajaron al Oriente, especialmente a la India y a Japón, en busca de alternativas en escuelas, *ashrams* y monasterios Zen. Hubo *gurus, saddhus* y *swamis* reales, y también los hubo falsos. Jiddu Krishnamurti fue un real filósofo y autor que escribió varios libros y obtuvo un gran éxito en Occidente. Otros, como Bhagwan Shree Rajneesh (alias Osho), crearon cultos con miles de adeptos, con promesas de iluminación alternativa que resultaron falsas.

Steve Jobs, de joven, hizo su peregrinación a la India en busca de la iluminación. Su devoción al pensamiento oriental y al budismo Zen le duró toda la vida. El polifacético genio industrial, que encontró la conexión entre la tecnología, el diseño y las humanidades, posiblemente logró algún placer, y quizás felicidad, y compartió dicha felicidad entre los devotos de Apple. Pero—me arriesgaría a decir—no creo que haya logrado la iluminación, como buen autista que era. De acuerdo a Walter Isaacson, su biógrafo, siguió siendo un occidental de corazón

Aparte de los contactos entre el Oriente y el Occidente, las diferencias en sus filosofías han mantenido sus culturas aparte, con unos pocos puntos en común.

De manera un tanto sorprendente, la mecánica cuántica ha alcanzado un punto en que la ciencia parece estar de acuerdo con el budismo. Durante la década del setenta, un libro del físico Frijof Capra ('*El Tao de la Física*) explora exactamente eso.

En la actualidad, una cantidad creciente de científicos acepta que la mecánica cuántica no parece funcionar bien con el concepto de verdad objetiva (sobre la que se basan la filosofía occidental y la ciencia misma). Hay una interpretación de la mecánica cuántica, sin embargo, que se imbrica, o superpone sin obstáculo alguno, con la filosofía budista.

En el Occidente existe, entonces, una nueva aceptación de los principios del budismo. El budismo, de cualquier manera, no necesita probar nada. Solo es.

WILSON

*J*ovita era de Rocha, uruguaya, como la patrona. ¡Tan linda la señorita Estela, y tan buena! El trabajo era liviano. Toda la semana, menos los domingos. Cama adentro. Y podía tener a Wilson con ella. Wilson había nacido en Buenos Aires. Cuatro hermosos añitos.

Jovita atendió la llamada.

— Sí, señor. La señorita está por llegar. Sí, en el Vapor de la Carrera. Cuando le quede cómodo, señor. Le digo. Gracias. Hasta luego.

A la hora y media apareció Georgie, agitado, de boina. Lo atendió Estela, que recién había llegado. Él le entregó un paquete envuelto en papel madera que contenía un tubo y un escrito. Estela abrió el paquete, le echó una miradita al escrito, y le dio un beso en la mejilla, a modo de agradecimiento. Se dijeron pocas palabras. El momento quedó así, sin cerrar... y medio como incómodo. Él se fue, tan nervioso como había llegado.

~

Ni la señorita Estela ni su mamá lo estaban mirando. El nene arrimó la nariz al borde de la mesa china, como husmeando. Miró con sus enormes ojos negros el tubo y los papeles que había dejado el señor de la boina. Poco a poco acercó la manito al borde y fue deslizando el tubo hacia su lado de la mesa. La humedad se evaporó despacio de la laca color *bordeaux*, pero el rastro de los deditos quedó marcado, minúsculo, sobre el brillo, helado y chino. Después, medio apurado, se llevó el tubo a la altura del pantalón y lo examinó, a escondidas, aunque ya sabía que no había nadie mirándolo. Se sentó debajo de la mesa y apuntó el tubo hacia la ventana. No entraba mucha luz, pero lo que vio le encantó.

¡¡Faaa!! — dijo, con asombro.

~

Después de mirar a través del tubo apuntando a todos los rincones de la sala, el nene se levantó y empezó a brincar alrededor de la mesa. Había aprendido a saltar rítmicamente el día anterior, así que le parecía algo fantástico. La nena del departamento de enfrente le había enseñado. La nena también tenía cuatro años pero era mucho más adelantada, como buena nena.

Wilson cantaba algo que era una mezcla entre "María la princesa...se comió una milanesa..." y "Soy la reina de los mares" pero que no tenía una letra muy definida. A los cuatro años tampoco le importaba mucho que la letra fuera mas bien para nenas. La melodía se le perdía en la interpretación infantil. El golpe del tubo contra la mesa marcaba el ritmo.

Como a la quinta vuelta alrededor de la mesa pasó lo que tenía que pasar. El nene nunca supo si el tubo se había quebrado al golpearlo contra la mesa o si se le había escapado de la mano.

El asunto cayó sobre el parquet con gran ruido de vidrios rotos. El nene quedó petrificado mirando el brillo y los colores. Los pedacitos de vidrio siguieron saltando otra décima de segundo, haciendo los ruidos secos que hacen los pedacitos de vidrio cuando rebotan sobre el parquet, hasta que todo quedó en silencio otra vez. Algo que parecía un bolón tornasolado muy liviano rodó un poco más lentamente que los otros vidrios y se detuvo debajo del canapé gris que estaba a un costado de la ventana.

El nene salió disparado para la cocina y se prendió de la pollera de su mamá.

— ¿Qué fue ese ruido? ¿Qué hicistes, Wilson? Ay, este chico, la piel de Judas es … me va a matar de los disgusto. Lo único que me hacés es renegar… Wiiilsooon, miraaaá— Jovita caminaba hacia la sala, secándose las manos en el delantal y hablándole parcialmente a una interlocutora inexistente, mientras el nene seguía prendido al costado, lloriqueando porque sabía la que se le venía.

En realidad, todo lo que le vino fue un reto padre y un pequeño chas chas en la cola. Después de la obligada repasada con el escobillón sobre el parquet, después del llanto, ése que se exagera con el miedo, ése que dice "Ya está, ya aprendí", y después de tomar la leche, Wilson, arrastrándose por el piso encerado, llegó hasta el borde del canapé.

Desde abajo del canapé, cerca del zócalo, salía como una helada luminiscencia. El nene miró, curioso. Sin saber lo que pasaba, vio —simultáneamente— todos los rincones del mundo.

¡¡Faaa!! — dijo.

EL RELATO que narro sucedió en Buenos Aires, en la década del cuarenta. El autor argentino Jorge Luis Borges había terminado de escribir su cuento más famoso: *The Aleph*. En él describía un punto en el que estaban todos los lugares del mundo. Le regaló el manuscrito a su entonces amiga, Estela Canto—de quien estaba perdidamente enamorado—junto con un caleidoscopio simbólico. Sabemos lo que pasó con el caleidoscopio. Muchos años más tarde, Estela vendió el manuscrito en Sotheby's por U\$A 27,760.-

En su libro *Into the looking-glass wood*, el ex Director de la Biblioteca Nacional, Alberto Manguel, se refirió al episodio de una manera sucinta y muy creíble:

"In the summer of 1945 he told her that he wanted to write a story about a place that would be "all places in the world", and that he wanted to dedicate the story to her. Two or three days later he brought to her house a small package which, he said, contained the Aleph. Estela opened it. Inside was a small kaleidoscope which the maid's four-year-old son immediately broke." – MANGUEL, Alberto - *Into the looking-glass wood* , Bloomsbury, London, 1999.

– Se publicó en castellano como *En el bosque del espejo*, Alianza, Buenos Aires, 2002.

Mi traducción:

"En el verano de 1945 le dijo que quería escribir un cuento sobre un lugar que sería "todos los lugares del mundo", y que quería dedicárselo a ella. Dos o tres días más tarde, le llevó a la casa un pequeño paquete *que, según comentó, contenía el Aleph*. Estela lo abrió. Adentro había un pequeño caleidoscopio que el hijo de la mucama, de cuatro años, rompió de inmediato."

HAY quien duda de mi interpretación—improbable como es— pero entiendo dos cosas: la primera es que cuando Borges dijo que el paquete contenía el Aleph se refería al caleidoscopio y no al escrito; la segunda es que estaba tan enamorado de Estela Canto que literalmente le habría regalado el universo. Por otro lado, tengo un testigo de todo lo que pasó.

En Libertad, casi llegando a Cinco Esquinas, vive un profesor de psicología retirado, con quien *el tout-Buenos Aires* se analizaba hace unos años. Los sábados tempranito se lo puede ver en *Josephina's* tomando un cortado. Invariablemente de blazer azul e invariablemente leyendo La Prensa. Es mi amigo Wilson Ferreira.

BORGES Y EL LIBRO DE ARENA *

*C*omo ya te habrás dado cuenta, el objeto de estos segmentos que siguen a los cuentos es mayormente de proporcionar algo de contexto. Creo que el lector se beneficia con los detalles extra y puede pensar en el relato de manera más informada.

El cuento que acabás de leer, *Wilson*, es una verdadera anécdota de la vida de Jorge Luis Borges y también hace referencia al *The Aleph*, pero con un toque distinto.

¿Qué puedo decir de Borges que no haya dicho uno de sus biógrafos? ¿Hay algo nuevo que alguien pueda agregar a las muchas anécdotas de su vida y a los infinitos análisis de su obra? Bueno, todos sabemos que no recibió el Premio Nobel de literatura. Todos sabemos que Umberto Eco lo usó como personaje para crear al sanguinario monje ciego, el Hermano Jorge de Burgos, en *El nombre de la Rosa*. Todos sabemos que su tumba se halla en Ginebra, la ciudad que más amaba después de su ciudad natal. Ahh, pero quizás yo pueda contribuir algo sobre él.

Este segmento incluye algo que nunca es bueno: la auto referencia. ¿Inevitable en este caso? No lo sé. ¿Tal vez un poco de auto indulgencia? Tal vez. En todo caso, soy parte del relato.

Quizás para empezar deba decir que, como tantos otros, siempre sentí una especial afinidad con la obra de Borges. Admiré su raciocinio, rayano en lo gélido, y su amplia erudición. Admiré la pureza de su castellano. Me identifiqué con muchas, muchas de sus ideas, y también con sus antecedentes. El pertenecía a una vieja familia argentina.

En cada una de sus obras me fui identificando, entre otras cosas, con su amor por Buenos Aires, por la historia, por Uruguay, y también por los Estados Unidos; con la manera en que veneraba a sus antepasados esos "portugueses oscuros" del poema, y a los Acevedo de su madre; con su innegable y heredada argentinidad. Con su universalidad.

No lo conocí, o sí. Fue un encuentro muy superficial. Jamás lo voy a saber con certeza. Hablé con él dos o tres minutos. De eso tengo dos testigos, y un autógrafo para probarlo.

UNA MAÑANA HERMOSA, un sol radiante, y Buenos Aires, con sus mejores galas. Florida todavía era Florida. Yo paseaba con dos de mis hijos, adolescentes, después de muchos años de ausencia anglosajona. Les mostraba mi Buenos Aires a ellos y dejaba, con orgullo paterno, que Buenos Aires los conociera. Era 1984 y habíamos salido de las Galerías Pacífico. Íbamos despacito hacia Plaza San Martín. Al llegar al final de Florida, casi automáticamente, los hice entrar en la Galería del Este. Me acordaba de unas esculturas de agua y perspex de Gyula Kosice que había visto hacía mucho tiempo, y de un taller artesanal que se llamaba "Los Picacobres". La confitería seguía destilando el típico aroma de café con leche y medialunas tan porteño. Lo único reconocible ahora era la librería y alguna que otra boutique con antigüedades peruanas. Sentado ahí, en la librería, como todas las semanas, un poco con aire ausente, estaba Borges. Solo con su bastón.

No lo pude resistir. Les dije a los chicos:

— Miren bien a ese señor y acuérdense de lo que va a pasar.

Fui derecho al mostrador y compré un ejemplar de las *Obras completas*. Después, me acerqué con ellos y, con el libro en la mano, le dije:

— Sr Borges, ¿no me haría el gran honor de autografiarme su libro?

— Por supuesto – afirmó con esa voz lenta e inconfundible.

Sacó una estilográfica del bolsillo interior del saco y, acercándose mucho al papel, dibujó una firma minúscula y temblorosa. Después, como queriendo mirarme, dijo:

— Esto que le acabo de firmar son las "Obras completas". Pero usted no ha leído *El libro de Arena*, ¿o sí?

— He leído casi toda su obra pero le tengo que confesar que no leí *El libro de Arena*.

— Tiene que leer *El libro de Arena*

En ese momento pensé: "Vamos Borges, todavía... Me está haciendo una venta".

Le agradecí y, sin decir más nada, empecé a alejarme. Los chicos miraban con impaciencia, aunque todavía se acuerdan del momento. Al llegar yo a la puerta de la librería, se dio vuelta en la silla con las dos manos apoyadas en el bastón, y me insistió:

— Acuérdese. *Usted* tiene que leer *El libro de Arena*.

A veces uno hace interpretaciones falsas o imaginadas de lo que la otra persona quiso decir. Un gesto, una palabra. La luz de ese momento. Lo irreal de una situación inesperada.

Había como una especie de incógnita en lo que me decía. Me quedé pensando en que eso era más que una venta. ¿Por qué esa insistencia? ¿Por qué ese énfasis en la palabra *usted*? ¿Me estaba queriendo decir algo? Pero todo era tan perfecto y yo me sentía tan entusiasmado con mi adquisición y con mi autógrafo que lo dejé pasar. Seguimos el paseo, siguieron las anécdotas de juventud en Buenos Aires, almorzamos y volvimos a Banfield.

Con el transcurso de los años leí y releí *El libro de arena*, como todos los de Borges, una y otra vez. Los momentos de la lectura y los lugares fueron totalmente distintos: al mes de haberme divorciado; cuando me mudé a Sídney; al volver a Canberra; durante unas vacaciones en Bariloche; en un vuelo a Texas, y en alguna otra oportunidad más que no recuerdo. En realidad, los del *Libro de Arena* no son mis cuentos favoritos. Pero el libro tiene algo que lo hace especialmente mío, como cuando uno corta las páginas de un libro en edición rústica: a éste me lo recomendó Borges.

En *El libro de Arena*, una y otra vez, medio supersticiosamente, busqué el mensaje, el significado oculto. Encontré que en *There are more things*, por ejemplo, Borges menciona dos lugares: Austin, Texas, una de mis paradas obligatorias cada vez que visito los Estados Unidos, y Temperley, el pueblo en donde pasé mi niñez. Eso es raro. En otras obras no menciona Temperley (ni Banfield), como en este cuento. Siempre Adrogué, su pueblo favorito del Sur. Pero, por supuesto, eso no es para sorprenderse ni parece tener más mensaje que la coincidencia.

Otras cosas parecían traer mensajes. Mi formación de lingüista me sugirió quizás un camino distinto: muchas veces los idiomas develan secretos a través de errores. En un momento Borges hace una traducción de *"Esse est percipi"* y la traducción, "Ser es ser retratado", es incorrecta. Borges habría sido incapaz de hacer algo así sin querer. La oración tendría que haber sido "Ser es ser percibido". Mi hobby es pintar retratos, ¿Me estaría diciendo algo? De una manera ilógica y supersticiosa seguí buscando codificaciones y cifrados ocultos que parecían llegar a través del tiempo.

Pero hubo muchas otras coincidencias. En *Ulrica*, por ejemplo, relaciona a una noruega con un colombiano. Un día pensaba que ésos eran países tan disímiles que tendrían poquísimas cosas en común. Ese mismo día, en el noticiero, hablaban de un waterpolo nuevo, subacuático, y de que los dos países más entusiastas eran Noruega y Colombia. "Sincronicidad" habría dicho Jung.

Borges, como siempre, siguió hablando a través de su erudición y su profundidad. Ahora leo toda su obra, no solo *El libro de Arena*, y encuentro profecías. ¿Borges profeta? ¿Yo loco? Las dos son posibilidades.

Mis dos hijos mayores tuvieron una discusión hace unos años. Los dos querían un autorretrato mío y el libro de Borges. El asunto se dirimió fácilmente. El autorretrato fue a Melbourne.

En mi biblioteca hasta hace poco estaba ese grueso volumen verde claro, autografiado. Ahora está en Sídney, en la biblioteca de mi hijo mayor. Estoy seguro de algo: a él también le habla. [1]

UNA CONSPIRACIÓN CONTRA EL TIEMPO

*M*iguel caminaba tranquilo, sin sacarle los ojos de encima a la bicicletita. ¿Por qué lo había llamado Camilo? Nadie tenía porqué saber. Había sido un homenaje de su juventud a dos revolucionarios muertos antes de tiempo: Desmoulins y Cienfuegos. Ambos, sacrificados por las revoluciones que ellos mismos habían comenzado. Nombrarlo por sus héroes era como un eco de pasos que admiraba; el nene era el símbolo vivo de la segunda oportunidad. O de la tercera, quizás. Sin embargo, no tenía duda que Camilo ya tenía su propia personalidad.

Miguel miraba a Camilo pedalear delante de él y eso lo llenaba de un amor verdaderamente paternal. ¡Había crecido tanto en esos cinco años! La mañana fresca de Canberra tenía olor a musgo y la bicicleta de Camilo dejaba su marca en las hojas, húmedas y amarillentas.

La caminata hasta la Universidad era larga y llena de baches mentales como *black holes in the sky*. —Pink Floyd, puta madre —pensó de manera muy argentina, pero ahí nomás se le cortó la ilación. A cualquier académico que se preciara se le hubiera representado Stephen Hawking, pero él siempre había sido medio *misfit* para esas cosas. —Puta madre. *Coprolalia* y *coprofagia*: palabras parecidas, pero una cosa es decir malas palabras y otra, muy distinta, comer mierda. Siempre lejos de la normalidad.

Sin querer se fue acordando de cómo había empezado la aventura más extraña y a la vez más real de su vida.

~

PARA LLEGAR al *Union Bar* había que subir por una escalera que tenía las paredes cubiertas de avisos de alojamiento, libros del año pasado y alguna guitarra, Ibáñez o de las otras. Como siempre a esa hora, estaba lleno de estudiantes. También, como siempre a esa hora, había flor de olor a cerveza.

Werner, ángel gordo y melenudo, esperaba con su sempiterno *scooner* en la mano. Se le podía perdonar que mechara todo el tiempo con comentarios sobre estructuras virósicas, polipéptidos y covalencias porque era un tipo de una cultura general bastante aceptable por ser científico. Sentado al lado, con una polera blanca medio raída, el pobre Donaldson era la pura imagen de Garfunkel, nada más que en vez de matemáticas enseñaba un curso sobre la sociología del siglo XIX. Estaba interesado en la Revolución Industrial.

— *Come, sit here, Miguel. So, what's up man? Hey, this one's on me*
— Muy de cerca, los ojitos inteligentes del gordo Werner le sonreían desde la cara macilenta de *nerd*.

— Dale, che, a ver si te dignás a hacernos compañía, ¿o te vas a ir del otro lado del billar porque están las minas, baboso? —

dijo Donaldson/Garfunkel con un acento porteño muy marcado, que le encantaba.

A esa altura del partido Miguel pensaba en las combinaciones y re combinaciones de arte y vida. Literatura y vida. La vida es más extraña, se dijo, aunque sabía que era un lugar común.

— Callate, Bruce, que sonás como un tango, ¡exagerado!— dijo Miguel, saboreando la cerveza más con los labios y la nariz que con las papilas gustativas.

— *What are we doing this weekend? This place is so fucking boring we could be living in a postcard.*— dijo Donaldson, al que le deleitaban los lugares comunes.

— Yo estaba esperando que viniera Miguel para ah... para discutir algo súper interesante— tartamudeó el gordo Werner, en uno de esos raros momentos en que se le daba por hablar en castellano.

— ¡Otra vez! Este gordo se va a largar con una aventura como cuando nos invitó a salir esa noche a pinchar gomas de autos. Parece mentira, che, tipo grande...

— Pará, pará: quién te dice por ahí don Werner se enganchó la coloradita de la clase práctica, retrucó Miguel, que confiaba ciegamente en su amigo.

~

CAMINARON, charlando y pateando piedras por esas arboledas del *campus* un poco como tres chicos volviendo de la escuela. Esquivaron un grupo de bicicletas al pasar el puentecito *de Sullivan's Creek* y llegaron al edificio en donde Werner hacía cosas de científicos. El cartel de la puerta decía *Research School of Biological Sciences.*

Pasaron por la oficina de Werner y el gordo, con su lentitud de Balzac teutónico, sacó unas llaves. Como tres puertas más allá pararon: en el cuarto, el aire espeso olía a bicho y a moho. Los muebles habían sido modernos en el sesenta y cinco, aunque nunca habían tenido pretensiones de refinamiento. Las mesas eran de tubo cuadrado de metal negro con tapa de fórmica y los dos silloncitos, también de metal negro, estaban tapizados en una tela vieja color caca. Arriba de las bibliotecas, que tenían más biblioratos y papeles que libros, había jaulitas con ratas, una al lado de la otra. Aparte de eso, el despelote era total, incluyendo papelerío y dos computadoras bastante grasientas. *"There is nothing formal here, everything is functional"*, pensó Donaldson tautológicamente, mirando todo con atención. A Miguel le interesaron las etiquetitas blancas con letra prolija en marcador azul. Estaban por todos lados, queriendo desmentir a nivel chiquito el caos que las rodeaba. Miguel pensó: — "Este gordo es arquetípico: me pregunto si se dará cuenta de lo predecible que es todo lo que lo rodea". No sabía cuánto se equivocaba.

Oficialmente, Werner estaba trabajando en un proyecto que a la larga pretendería probar la existencia del fabuloso citoesqueleto. Eso era una especie de Santo Grial de los bioquímicos. El gordo creía apasionadamente que las células tenían estructura y que ese ordenamiento intrínseco era lo que les permitía funcionar aun después de pasar por procesos como el ultracentrifugado. Miguel y Donaldson ya se sabían el asunto de memoria. Cuando le decían que lo del citoesqueleto era tan dogma como la infalibilidad papal, Werner cambiaba de tema o se iba. Por supuesto, cualquier novedad que tuviera para ellos no iba a estar relacionada con eso.

Sobre la mesa más grande, que estaba en el centro del cuarto, había una jaula con una rata. Adelante había un vaso de

MacDonald's. La rata tenía cara de curiosidad, pero caminaba rapidito de un lado a otro, ignorando a las visitas. Al lado, había una bandeja de plástico con otra rata, muerta y como reseca.

— *Voilá*, dijo Werner tirándoselas de políglota, pero además con una cara de orgullo que le subía del cuello a la mandíbula y terminaba en la sonrisa de los ojos.

— *Voilá* ¿qué? Gordo, explicate, que nosotros somos seres humanos, no bioquímicos como los giles que trabajan con vos.
— Miguel estaba empezando a sentir un poco de curiosidad.

— Bueno, déjenme que les explique. No les tengo que contar desde el principio lo de Ian Wilmut y la ovejita Dolly, ¿no?Esta rata es exactamente lo mismo, producida usando casi los mismos métodos. *A rat clone.* Con la diferencia que la hice yo solo.

— *That's impressive, man.* Por otro lado, si hay otra gente que ya lo ha hecho, ¿para qué repetir el asunto? A Donaldson le fascinaba la posibilidad, pero no podía dejar de mandar la patadita.

— Tenés que admitir que el gordo es un bocho. Puta, vos deberías ser australiano, no yanqui. *Cutting the tall poppies down* es un pasatiempo local, che.Si te parece...

— Pero eso no es todo, señores,— interrumpió Werner, buscando un efecto un tanto teatral —déjenme que les cuente una pequeña historia: allá por mil ochocientos cincuenta, en *Sydney Barracks*, en *Macquarie Street*, hubo una plaga de ratas que les comían las provisiones y les robaban cosas a los milicos. El asunto es que, al final, mandaron llamar al *pest controller*, o qué sé yo, y las envenenaron a todas sin piedad. En la actualidad, en ese mismo lugar hay un museo con una exposición de todas las cosas que se robaban las ratas. Y también hay ratas muertas de la época. Bueno, para hacer la historia corta, la rata muerta que ven es una de las ratas cuarteleras de ese entonces. Y la rata viva es un clon de la muerta, no de otra rata viva. En estos momentos estoy trabajando en la producción de un chancho, que ya está casi finiquitada. En fin, mi humilde respuesta a Spielberg y a Wilmut, muchachos. Pero esto es real.— acá Werner cambió de tono, pasando a uno menos de joda. —Ustedes son los primeros en enterarse.

—*What are you going to do with it?*— preguntó Donaldson, que ya se imaginaba ficciones de suspenso tipo *The boys from Brazil*.

— *Gentlemen, we have the technology...* —dijo Werner, imitando al tipo del *Six million dollar man*, y haciéndose el canchero. En realidad, aparte de gozar con la sensación de poder que le daba el experimento, no tenía la menor idea de lo que iba a hacer ahora que lo había terminado.

— Gordo, sos el Barón Frankenstein de los animales. Mary Shelley estaría orgullosa de vos— Miguel se había puesto tan nervioso como Donaldson, pero hacía esfuerzos increíbles para que no se le notara. Siguió, como bromeando —Cuando termines con el chancho te tenés que mandar un señor. *The sky's the limit*.

— *It's soooo easy you'd be surprised.* — dijo Werner, haciendo algo que quería sonar como un *Southern drawl* y dejando entrever una total falta de responsabilidad.

— *You crazy diamond*— pensó Miguel. —Otra vez Pink Floyd. No importa, algún día se me vendrá Puccini al bocho—, y empezó a tararear *Che gelida manina*, bajito y con toda premeditación.

Charlaron, hicieron bromas y se mandaron una botella de champagne, que Werner sacó de una heladerita llena de muestras de algo color marrón rojizo, y que sirvió en vasos de plástico. Entre los tres llegaron a la conclusión de que el asunto podía tener ramificaciones serias si le permitían crecer ahí nomás sin pensarlo, así que había que dejar que se sedimentara un poco. Al poco tiempo el gordo confirmó que había producido un saludable ejemplar porcino.

MIGUEL HABÍA LOGRADO que su matrimonio fuera tan cómodo como el sillón en el que su padre leía el diario todas las noches hasta quedarse dormido. Tracey era relativamente joven, agradable y muy anglosajona. En general era de tipo no agresivo, aunque a veces le agarraban ataques de feminismo rábido. Su última monografía *"Latin references to Lars Porsenna in Arician tombs"* no era nada nuevo, pero añadía evidencia de la ocupación etrusca de Roma y había sido todo un éxito en el Departamento de *Classics*. La vida era tranquila y burguesa. La pareja no tenía ni ambiciones ni lujuria. Canberra era la ciudad ideal para ellos. Sin chicos, la casa de Miguel era un paraíso de orden y libros, que había que pagar con una hipoteca y una monotonía no muy cruentas.

Cuando sonó el teléfono, Miguel estaba con pilas y pilas de papeles sobre la mesa del comedor, corrigiendo exámenes y deglutiendo un especial de crudo y queso, preparado de acuerdo a estrictas directrices de un gallego que tenía un barcito en la Avenida de Mayo. Ni el pan era francés ni el jamón, crudo. Y sin embargo, entre el *prosciutto* de Yass y el pan de Canberra, pobres sucedáneos, el asunto se dejaba comer, como hubiera dicho la tía Ernestina.

— Ser argentino es estar en el exilio— se dijo, volviendo a los lugares comunes y sabiendo que la comida era el único elemento real del espejismo. Lo demás era un reflejo iridiscente y platónico de algo que, allá a la distancia, existía en blanco y negro y de una manera bastante pedestre.

— *Hello. Yes, Bruce. Yeah, of course I have some ideas of my own.* Mirá, ¿por qué no te venís y charlamos? Te espero.— Habían pasado dos semanas pero Donaldson seguía tan excitado como la noche que habían visto la rata de Werner.

Llegó a los diez minutos, entró apurado, sin decir nada, y se sentó en el sofá, al lado de la ventana. Miguel se acomodó en una silla china que estaba frente al sofá y enfocó la vista detrás de los rulos prominentes de Donaldson, en el bambú que vivía más allá del vano de la ventana. El verde de la planta le llevó el pensamiento a su madre, que amaba la elegancia de las hojas, y a Lin Yutang, que había pedido un bambú frente a la ventana de su estudio. Volviendo al momento, miró la cara nerviosa de su amigo. Ahí estaba Garfunkel, no cabía la menor duda, pero también estaba la idea de Harpo, un poco más lejana. —La realidad es tan elusiva porque las asociaciones de ideas tienen múltiples tiempos y espacios. Jamás el bambú va a dejar de ser mamá/Lin Yutang; jamás Donaldson va a dejar de ser Garfunkel/Harpo— se dijo, practicando algo sin demasiado sentido que había bautizado *quantum philosophy*. Quizás tonto, pero agregarle la palabra "quantum" a cada idea nueva estaba de moda en ese momento.

— Bueno, ¿y?— dijo Miguel, abriendo el diálogo.

— Mirá, yo creo que los dos hemos estado jugando con la misma idea. Hasta ahora nadie ha hablado de la posibilidad de traer de vuelta a algún personaje famoso. Imaginate Leonardo, Newton, Bach, Juana de Arco, Hyeronimus Bosch, Einstein,

Picasso, yo qué sé. Me hice una listita de candidatos. ¿Qué te parece?— A Donaldson le temblaba la voz.

— Sí, yo también estuve pensando en eso.¡Puta, que responsabilidad!, no me digas. Tendríamos que hablar de los problemas éticos, morales y logísticos, y de asumir las limitaciones del sistema, que las tiene. Por ejemplo, tendríamos que saber con certeza que el cadáver es de esa persona. Te cuento una: a Leonardo desde ya descartalo. Vos sabés que murió en Amboise un poquito antes del lío con los Hugonotes. Parece que, cuando se armó, hicieron pomada el cementerio y el momento que se quisieron acordar andaban todos los difuntitos tirados por ahí. Para armar la tumba de Leonardo tuvieron que rejuntar partes por el suelo, en fin. una vergüenza, che. De la misma manera hay que pensar en alguien del Renacimiento para este lado, ¿no te parece? Yo no sé qué problemas puede tener el gordo con restos humanos muy antiguos. — dijo Miguel, con el teléfono en la mano, llamándolo a Werner — *Hello, is Dr Steinbrink there, please? Werner, is that you?* ¿Por qué no te venís a mi casa si tenés un minuto? Acá estamos con el macho Donaldson, contando cuentos de ovejitas y chanchitos, *if you know what I mean.* Dale, gordo, largá eso y venite. —Dice que ya viene.

— ¡Imaginate! Va a ser como escapársele al Tiempo— dijo Donaldson, que siempre había estado interesado en *cryogenics*, y que tenía un entusiasmo medio infantil sin saber, a esa altura del partido, hasta qué punto iba a estar metido en el asunto.

— Mirá Bruce, esto es muy interesante, pero hay que ser realista. En fin, oíme, esperemos a que caiga Werner.

La conversación se centró, un tanto artificialmente, en Kosovo y los albanos. De ahí pasó a la venta piramidal, a la bolsa de Wall Street y, de manera caprichosa, a la arquitectura de la

Bauhaus. Cuando llegó Werner, unos veinte minutos después, Miguel y Donaldson seguían dándole vueltas a la manija del diseño y los cambios teóricos y prácticos que había sufrido en los siglos XIX y XX.

— No creo que me puedas entender hasta qué punto un grupo de originales como ésos es una rareza histórica. Tenía tipos como Klee, Mies Van der Rohe, Kandinski, mirá vos. Te das cuenta que no se pueden comparar con el *Arts and Crafts Movement*, por ejemplo, o con los idiotas éstos de los post modernistas. Ha habido otros casos de genialidad en grupo, debo admitir, especialmente en tu país, pero estos locos se pasaban. Medio obsesionados en un formalismo exagerado, hasta que llegó alguien como Le Corbusier.

— Ves, eso es lo que no me banco de los argentinos —interrumpió Donaldson— ustedes no es que sean cultos, sino que viven con el *name dropping* a flor de labios. Les pasa lo mismo que con las marcas: dale Rolex y Hermenegildo Zegna. Es más que un berretín: el asunto es demostrar que saben o que son unos exquisitos. País de académicos y millonarios frustrados. Es un fenómeno socioeconómico. Falta de originalidad, che.

— Entrá, Werner, y esperá un segundo que tengo que explicarle algo a este cretino. No, no es algo socioeconómico. O sí, quizás lo de las marcas. Lo demás es una manera de comunicarse, pero de persona a persona. Fijate vos: Eco hace *name dropping*. Eco hace monólogos y cacarea su erudición gratuitamente. Borges se comunica. Comunicarse, en el sentido etimológico del verbo, es buscar puntos en común, puntos de referencia. Es lo que hacés vos cuando te presentan a alguien y le preguntás en qué trabaja, dónde vive y eso. O lo que hacen los aborígenes australianos en la misma situación. Te explico, por ejemplo. Éste es un diálogo entre dos aborígenes que recién se ven:

— "¿La conocés a Mary Warrlpungi?"

— "No."

— "¿ y a Joe Nyulu?

— "No."

— "¿ y a Betty Ngurraar?"

— "Sí, es mi prima"

— "Ahhh, esa chica es mi nieta, entonces vos sos mi nieto también. Me tenés que dar un cigarrillo"

— ¿Te das cuenta? *Click*. Ahí hay comunicación. Yo sé quién sos vos y vos sabés quién soy yo. Los argentinos seremos fanfarrones, pero cuando hablamos en serio queremos asegurarnos que el interlocutor nos entienda, queremos asegurarnos de estar hablando el mismo idioma. Buscamos la experiencia compartida, ¿entendés? Cuando yo menciono un nombre, espero que vos sepas quién es, o si no que me digas que no lo conocés. *But I digress.*

— Bueno, ¿para esto me hicieron venir? —preguntó Werner, que ya se estaba aburriendo con una conversación que no terminaba de entender ni le interesaba demasiado.

— ¿Qué te parecería hacer un clon de alguien extraordinario? Devolverle un genio al mundo…

— Desde ya, *I'd be happy to. I wouldn't think it twice.* —aseguró Werner, pareciendo decidir sobre el pucho, aunque ya tenía ideas muy definidas bien de antes.

— *OK*, estamos. —se apuró Miguel, como cerrando un trato.

— Ahora tendríamos que elegir quién va a ser, y pensar cómo lo vamos a hacer, porque además nos puede salir unos cuantos dólares. —dijo Donaldson, medio como asustado pero entusiasmadísimo.

— Bruce propuso varios, entre ellos Newton, y además tiene una lista que todavía no he visto. A mí me hubiera gustado Leonardo, pero no se puede por un problemita de incertidumbre.

— Miren, yo creo que los dos podrían haber sido excelentes elecciones, pero siempre está el problema de cómo vamos a conseguir la materia prima. En el caso de la rata, yo tenía una amiga que trabaja en el museo y que me consiguió un ejemplar sin problema. Con seres humanos no sé qué proponen, porque yo me niego a andar escarbando en cementerios. Hasta ahí no llego. Por otro lado, creo tener una solución que les va a gustar a los dos. ¿Qué dirían de un genio político, legislativo, administrativo y militar? —preguntó Werner.

— Lo de militar no termina de convencerme, aunque ése suena bastante completito—dijo Miguel, que originalmente había pensado en Van Gogh o alguien así.

— *OK, read my lips: Napoleon.* Es ideal. Les cuento otra cosa más: en la oficina tengo un artículo del *Canberra Times* que dice que Bob Geldoff compró la pichula de Napoleón en un remate, por una cifra indeterminada. El asunto, aparte de parecerme bastante grotesco, me dio la idea de que, con un robo inocente, podríamos conseguir la materia prima que necesitamos. Por supuesto, para sacar el ADN yo necesito muy poco, así que no hace falta arruinarle la inversión al muchacho. ¿Qué les parece? —Werner sonaba más triunfal que cuando les había mostrado la rata.

Miguel sentía una admiración especial por Napoleón, pero no por las glorias militares ni por el Código homónimo: le admiraba la tenacidad de hombre derrotado pero no vencido, volviendo a pelear después de Elba con todo el mundo en contra; admiraba la mentalidad unitaria y centralista que había decidido imponer el dialecto de *Ile de France* como idioma oficial y, más que nada se deleitaba en la relación con María Walewska, que le parecía un personaje exquisito. Donaldson, medio reacio al principio, se dejó convencer sin mayores problemas. El tema quedó decidido por unanimidad.

Hablaron largo y tendido sobre las distintas consecuencias de lo que iban a hacer. Los tres terminaron asumiendo responsabilidad ante sí mismos y quedaron convencidos de que, aunque podría haber repercusiones negativas, el riesgo era mínimo y muy lejano.

— Por empezar, tenemos que entender que hay una gran diferencia entre resucitar a una persona y crear un *clone* —dijo Werner— Napoleón está muerto. Con toda su historia y sus circunstancias. La persona que vamos a traer al mundo va a tener las mismas características genéticas, pero no va a ser la misma persona. "Igual" no es lo mismo que "idéntico", y vos Miguel, entendés mejor que nadie la sutil diferencia semántica. Puede que sea más alto que Napoleón, porque va a tener una dieta distinta. Quizás tenga complejos y gustos distintos. La personalidad será en principio la misma, pero no sabemos hasta qué punto el ambiente, humano e histórico, van a crear reacciones que no van a tener nada que ver con la persona que nosotros conocemos a través de los libros de historia. ¡Fascinante!... estamos entrando en un terreno totalmente desconocido.

— La otra cosa es que, decidamos lo que decidamos, ya, en este momento, cualquiera puede hacer un *clone* de cualquiera. Lo que quiere decir que no tenemos derechos intelectuales sobre nuestros genes. Es medio aberrante, ¿no? —dijo Donaldson, dándose cuenta de la inmensidad de lo que estaba pasando.

— Y miren esta otra, —dijo Miguel, que se regocijaba en las posibilidades más retorcidas— :si yo creo un clon mío y lo crío, y ese clon crea otro, aunque mi versión número uno no sea totalmente idéntica a mi versión número tres, yo podría tener un "nieto" con características genéticas idénticas a las mías y podría ser más que abuelo de mí mismo. Y así al infinito, una abominación que no se les habría ocurrido en la Biblia, che.

— Una cosa les puedo asegurar —agregó Werner, que no se cansaba de garantizar la aventura con su integridad profesional—: no vamos a traer ningún virus viejo, como la gripe española de mil novecientos dieciocho o cosas así...*I deactivate them.*

— Puta, no había pensado en eso. Sería una catástrofe bastante fulera —dijo Miguel, mirando por la ventana del frente.

El Corolla rojo de Tracey entró al *driveway*. La conversación pasó automáticamente a los cortes que les haría el gobierno liberal a los presupuestos académicos.

Hello, honey —dijo, dándole un beso a su esposa.

—*ALEA JACTA EST* —pensó Miguel cuando Donaldson le contó que ya había hablado por teléfono con su amiga Felicity en Londres y que todo estaba listo —espero que no terminemos presos con la primera parte ilegal de la operación. Ya se había hecho la conexión con el ama de llaves de Geldoff. Después de dos semanas el plan empezaba a tomar color. Miguel y Werner estaban preparando sus respectivas partes del asunto, y a Donaldson le tocaba conseguir la "materia prima". La idea era que Felicity, que había ofrecido pagarle mil libras a la empleada de Geldoff por unas fotos del asunto, presentaría a Donaldson como un fotógrafo del *National Geographic*. Donaldson, viajaría a Londres luciendo muy profesional, con cámara y todo. Por otro lado, ya tenía las instrucciones de Werner para conseguir lo que necesitaban.

Por esa época hubo días de gran actividad, cosa que era medio dramática, ya que Miguel y Donaldson estaban hasta las orejas de trabajo, preparando programas para los cursos del año siguiente. Werner se salvaba porque tenía acólitos que le hacían lo más grueso. Dos semanas más tarde, Werner tenía todo montado para una operación de mayor importancia y Donaldson, después de conseguir que el Jefe del Departamento le aprobara el programa, salía para Londres, cámara en mano.

MIGUEL ESTABA ESCUCHANDO una sonata para violín de Rossini que era algo bárbaro cuando le llegó el e-mail de Donaldson diciendo que todo había salido bien. Lo que siguió fue una vorágine triangular, que empezó cuando Donaldson le pasó al gordo, con mucha ceremonia, un paquetito marrón, envuelto en polietileno, en una cafetería del Aeropuerto de Sídney , y que después se centró en la capacidad de Werner de extraer el ADN de la muestra. Werner, por supuesto, no los defraudó. Al poco tiempo se juntaron en la oficina de la *Research School of*

Biological Sciences. Los tres estaban bastante circunspectos porque entendían que el paso que estaban dando era histórico e inevitable.

— Mirá, Miguel —dijo Werner— acá está: listo. Bruce y yo ya hemos cumplido con lo nuestro. Todo lo que queda por hacer es tu parte. Espero que no te nos vayas a tirar atrás.

En ese momento Werner había adoptado una ceremoniosidad hanseática que no condecía mucho con su imagen de *nerd*. Miguel se lo imaginó como un Merlín alemán y gordo. —Walt Disney— asoció —el Ratón Mickey bailando con el estropajo, vestido con traje de mago. Puta madre, ni en los momentos más importantes. —Donaldson lo miraba con una ansiedad medio infantil que le iba muy bien al momento.

No, muchachos, no va a haber el menor problema. — dijo Miguel, sabiendo lo que le iba a costar hacerlo.

LA VIDA de pareja de Miguel y Tracey empezó a repuntar desde ese momento. La primera ocasión fue el ascenso de Tracey a *Associate Professor*. Habían vuelto de una hermosa cena en el restaurante de la torre de *Black Mountain*. La noche estaba como para cualquier cosa, la temperatura, ideal. Tracey puso una versión viejísima de *"Garota de Ipanema"* en el HomePod. La voz de Gilberto, satín puro, los acariciaba mientras Miguel preparaba algo de tomar en copas cónicas de martini que parecían sacadas de una película de mil novecientos sesenta.

— *Anything the matter, darling?* —preguntó Tracey, notando unos ciertos nervios de primer encuentro que Miguel no tenía hacía ya mucho tiempo.

— Por supuesto que no, piba. Me quedé un poco molesto con Bruce esta tarde, eso es todo. Mañana te cuento, no ahora. Acá viene papito con los martinis. Puta, parezco Sean Connery, decime vos. *Shaken, not stirred.*

Después de dos copas, Tracey cayó en un sopor profundísimo, cosa que no era extraña, con la cantidad de fenobarbital que Miguel había metido en el trago. Después la alzó y la llevó a la cama con mucho cuidado. El asunto tomó unos minutos, aunque esa vez no funcionó. Aparte de quejarse un poco de molestia al día siguiente, Tracey no sospechó nada. Hizo falta un poquito de persistencia y dos noches románticas más. La noche del tercer intento, Miguel se durmió en los brazos de Tracey soñando con enjambres de abejas en un campo lleno de flores.

LE PARECÍA mentira cómo habían pasado los años. Werner ya tenía su *full professorship* en el *Massachussets Institute of Technology* y había logrado fama con el citoesqueleto. El pobre Donaldson, después que le descubrieron el tumor en el cerebro, se había vuelto a los Estados Unidos y había sido presidente de la *Cryogenic Association of America* hasta hacía seis meses. Werner, amigo fiel, había pasado con él los últimos momentos. De cualquier manera, Miguel sabía que el secreto no iba a ningún lado.

LA BICICLETITA de Camilo se detuvo en el césped, delante de la Biblioteca.

— *Dad, is the University yours?* —preguntó Camilo, mirando el edificio mientras se sacaba el casco.

— Por supuesto que no. Yo trabajo acá como muchas otras personas, incluyendo tu mamá. —contestó Miguel, sonriendo condescendientemente.

— Yo la voy a comprar para vos. Y si no la puedo comprar, te la voy a conseguir de cualquier manera. Para vos. —dijo el nene, con toda la seriedad de sus cinco años.

Miguel se agacho para abrazarlo y entonces, por primera vez, le notó ese increíble brillo de acero negro en la mirada. [1]

CLONACIÓN *

*C*uando escribí 'Una conspiración...', la idea de clonar seres humanos parecía mucho más remota de lo que es ahora.

Sin duda, la idea general del cuento ha envejecido. Además, le he agregado pequeñas enmiendas a esta versión que la hacen un tanto anacronística (no había HomePods en la década del noventa, por ejemplo; el ANU Union Bar está como estaba en esos días y la Research School of Biological Sciences ahora se llama Research School of Biology). Sin embargo, espero que el cuento siga teniendo validez.

Antes de hacer lo que hacen en el cuento, en un momento, uno de los personajes habla de la ilegalidad de lo que están por hacer. En realidad, robar material genético para hacer una clonación—es decir, ADN—de cementerios o de cualquier otra parte es un delito, y la mera idea de clonar seres humanos presenta innumerables cuestiones, legales, bioéticas y religiosas, entre otras.

De cualquier manera, a finales del siglo XX todo el mundo estaba muy impresionado con la creación de la ovejita Dolly, y con las posibilidades que ello traería con respecto a la clonación.

Lo que se logró durante la última década del siglo XX en el área de la clonación fue algo extraordinario. Y desde ese momento han habido muchos adelantos.

En 1996, el Dr. Ian Wilmut y su equipo en el *Animal Breeding Research Station* del Instituto Roslin lograron exitosamente la producción de dos corderitos a partir de células embriónicas. Hasta ese momento nunca había sucedido nada parecido. Por haberlo hecho, el Dr.Wilmut recibió la Orden del Imperio Británico. Además, en 2002 también lo nombraron *Fellow of the Royal College of Surgeons.*

En el cuento imaginé o copié, en cierto modo, los detalles técnicos de la clonación de Dolly. Wilmut y su equipo sacaron el núcleo de un óvulo con el material genético que necesitaban. A partir de ahí, el óvulo se fusionó con la célula mamaria de una oveja adulta. El óvulo empezó a crecer con el material genético de la oveja adulta. Luego el equipo le implantó el embrión a una madre substituta.

En el cuento, no se explican las últimas etapas del proceso (básicamente porque, aparte de Werner, nadie sabe cómo funciona el asunto). Después de eso, Miguel implanta el embrión. Por cierto, no sé si eso es posible sin el conocimiento o la aquiescencia de la madre que lo recibe. El lector sabrá disculpar mi ignorancia supina al respecto. La posibilidad de que Tracey reciba el embrión sin saberlo—aparte de ser un acto delictivo y sexista—era demasiado tentador para no incluirlo en el cuento.

Hemos visto que, de puro irresponsables que son, los personajes del cuento van más allá de la clonación animal y se largan a la clonación humana. Es una decisión que tres académicos toman sin mayor análisis ni consideración. Lo que hacen es poco ético como mínimo. El resultado es extraño pero podía haber sido trágico. Por cierto, tampoco sabemos qué futuro le puede esperar a Camilo. Obviamente, lo que hacen tiene posibilidades tan horribles como el monstruo de Frankenstein. Pero, lo que era impensable en 1996 ya está sucediendo. Ya existen embriones mixtos de seres humanos, chimpancés y gorilas.

Se plantea una pregunta: ¿es posible clonar individuos o animales muertos hace tiempo? Se ha hablado de que un grupo de académicos de Harvard estaba intentando revivir el mamut lanudo. Y, en febrero de este año, científicos clonaron un hurón de patas negras que fue duplicado de un espécimen que había muerto hacía más de treinta años. El mayor problema que los científicos han encontrado hasta ahora con el mamut es encontrar suficiente ADN, cosa que, aparentemente, es muy difícil, ya que nadie ha encontrado una célula de mamut intacta y viable. En resumen, es posible, pero extremadamente complicado.

La pregunta que surge es si existe la posibilidad de clonar un individuo homínino, Denisovano, Homo Floriensis o Neanderthal. La secuencia del genoma Neanderthal ya se ha logrado. Sintéticamente eso significaría introducir pedazos de Neanderthal en una célula madre humana. Si la operación se repite muchas veces, sería teóricamente posible clonar un Neanderthal. Hasta ahora, los restos de Denisovanos y Floriensis han sido mucho más difíciles de encontrar.

Con los Neandertales, dejando de lado las cuestiones éticas, los problemas científicos son muchos, incluso la manera en que la mitocondria Neanderthal reaccionaría al ser insertada en células madre humanas. Sus genes faciales y de percepción de dolor ya se han insertado en ratones y ranas. Solo podemos imaginar lo que le ocurriría en nuestra sociedad a un individuo Neanderthal clonado.

Ahora sabemos que, en los organismos de las personas con ascendencia europea o asiática hay de un 1 a un 4% de ADN Neanderthal, ya que los Neandertales se mezclaron con los seres humanos y son el pariente más cercano que tenemos entre los primates históricos.

En la actualidad los científicos se están concentrando en las células nerviosas y cerebrales para la producción de mini cerebros.

El objeto del estudio es determinar la manera en que los genes de Neanderthal influenciaron el desarrollo de nuestro cerebro.

Pero ahora el asunto ya va más allá de la clonación de humanos porque sí. Lo que se propone es la posibilidad de clonar figuras muy especiales de la historia, como en el cuento. Según mencionara anteriormente, eso presenta innumerables temas legales, bioéticos y religiosos. Leo ahora en Internet que se han propuesto y se proponen muchos, entre ellos Newton, Jefferson, Tesla, George Washington, etc.

La elección de Napoleon como el personaje a ser clonado en el cuento fue muy simple. Era un genio con muchas cualidades increíbles; tenía planes de largo plazo para Europa, en donde ya había implementado muchas reformas liberales. Principalmente era un estadista, planificador y legislador. También era un líder militar sumamente exitoso, digamos como Winston Churchill en el siglo XX. Por supuesto tuvo sus derrotas, como la mayoría de los guerreros, pero nunca se rindió del todo. Jamás se supo en realidad la causa de su muerte en Sta. Helena.

La mayor contribución de Napoleon a la humanidad es el Código Napoleónico, sobre el que se basan los sistemas legales de muchos países del mundo. Pero él también abolió el feudalismo en Europa; fomentó la meritocracia, los derechos de propiedad, la educación laica y la tolerancia religiosa, entre otros principios que son el fundamento de los gobiernos democráticos del mundo occidental.

Hoy en día, la ciencia y la tecnología nos han dado muchas oportunidades que eran impensables hace algunas décadas. Revivir a figuras históricas quizás sea una conspiración en contra del tiempo como el cuento sugiere. También es posible ahora y quizás ya esté sucediendo en alguna parte.

,

LA COLONIA DE HORMIGAS

"[Gautama] también tenía
conciencia de que las personas
no se pueden dividir
claramente entre
santos y pecadores."
-Stephen Batchelor

*N*ormalmente, para un intérprete/traductor, oír llamadas telefónicas interceptadas o conversaciones tomadas con un dispositivo es como cualquier otro trabajo. Sin embargo, hay algunas diferencias. En mi caso, el trabajo me dio ideas.

En general, desde el principio, algo lo hace inmediatamente claro: hay dos personas hablando del otro lado. Vos estás de este lado, oyendo. Hay una barrera invisible que es más que física. Difícil de explicar. Vos estás oyendo de este lado y ellos no te pueden ver. No te pueden oír. No saben que estás ahí. Pero no es como si los estuvieras espiando. Yo me imagino una colonia de hormigas. Están moviéndose constantemente, sin parar, de un lado para otro en ese lugar, que para vos es totalmente transparente. Los mirás y los estudiás. Quizás un asistente de laboratorio se sienta así, mirando cómo se mueven los microbios dentro del microscopio. No sé. A veces es como ver una película. Otras veces es solo triste. Les tenés lástima. Después de todo, son seres humanos. El asunto es que, si los estás escuchando, ya están fritos y no lo saben.

Si transcribís llamadas telefónicas en árabe, tus casos probablemente estén relacionados con el terrorismo. Si hacés Dari o Pashto, puede ser terrorismo o heroína. En mi caso, como intérprete de castellano, mis llamadas normalmente tienen que ver con un delito: tráfico de cocaína. Los acentos y las jergas que oigo son mayormente colombianos y venezolanos, pero también bolivianos, mejicanos o cubanos. No importa. Para el oído argentino, los acentos suenan coloridos, tropicales, y a veces graciosos, pero nunca reales de veras.

EN CIRCUNSTANCIAS NORMALES, la etiqueta del *pen drive* diría *Lipstick-C* y tendría algunos números escritos con marcador rojo.

En este caso la conversación era en vivo. La respiración entrecortada de Deborah era como una bandera de peligro inminente. La voz, aguda y temblorosa, urgía acción. Se notaba que el tema era más que serio.

— *Apurate, Raúl, carajo. Te digo que necesito el asunto straigh away. Este cretino hijo de puta dice que no se va hasta que yo no salga y está golpeando la puerta con un bate.*

— *No tengo un mango partido al medio, querida. ¿Menené? Si pudiera, te llevo. Bueno, mirá: hacemos una cosa. Me tomo un taxi y vos me lo pagás cuando llego a tu casa. ¿Cuántos papelitos necesitás?*

— *No sé, traeme cuatro o cinco. Apurate. Necesito que estés acá en menos de quince minutos. En cuanto llegues arreglamos todo.*

— *Okeey.*

— *Pero metele, negro. Tres y veinte de la mañana y este coso a los gritos, acá. Los vecinos ya se me quejaron. Y lo peor es que tengo miedo que se ponga más violento y alguien llame a la cana.*

— *No te preocupes. Me visto mientras espero el taxi. Vos bajá y hablale desde atrás de la puerta a ver si podés calmarlo un poco hasta que llego.*

— *Okey. Chau chau*— la voz de Deborah retomó el tono ronco y canchero de siempre.

— *Chau.*

Me saqué los auriculares, me estiré un poco en la silla, y finalmente decidí llamarlo al cubano. Habíamos estado varios meses trabajando en esta operación—en casos de importación de drogas casi siempre hay oficiales de policía que hablan castellano. Sabía que lo que había oído no era muy dramático, pero me pareció mejor llamarlo, para estar cubierto.

— Hoola…¿qué tú dices, chico? —le dije: me encantaba hacer el acento cubano.

— Hola, ¡ñooo, deja de joder a esta hora, comemiedda!… Robeddto. ¿Qué problema hay, hermano?¿Qué pasa?

— Pasa que estuve en la línea *Lipstick*. La Tigresa tiene problemas con un cliente. Le prometió *gear* y ahora no tiene más. El loco parece que le quiere tirar la puerta abajo. Raúl ya va a llevarle el asunto, pero si el tipo hace mucho ruido tengo miedo que aparezcan los muchachos de Ashfield.

— Ellos ya tienen sus órdenes, chico. Saben que eso no se toca. No te preocupes. Déjame dormir, hermano, que mañana tengo un día que ni te cuento.

— *Sorry*. Pensé que por ahí...—No me arrepentí de la llamada. Siempre era mejor estar cubierto.

De cualquier manera, era el final de la noche. Al volver a casa, los *drag queens* de Oxford Street todavía andaban paseando en sus mejores galas. Había grupos y parejas. La comunidad *gay* de Sídney se estaba preparando para el *Mardi Gras*, y la vida era un hermoso *dress rehearsal*. Uno con un tutu de colores y una gorra de Qantas me saludó provocativamente desde una esquina. El saludo consistía en sacudir la mano y tirar la cabeza y una pierna hacia atrás como hacen las modelos.

— ¡Por Dios!"—ya estaba muy cansado— es tan tarde y tienen tanta energía.

Manejar a casa con el fresco de la madrugada tenía algo de agradable, pero después uno no se dormía rápido, y el día quedaba medio apretado de un lado y estirado del otro. Trabajar de noche era algo que el cuerpo no aceptaba fácilmente. — *It's not bad, anyway*— Pensé con una mezcla de resignación y entusiasmo, porque en el fondo el laburo me gustaba.

Recapitulando, me pregunté en qué momento se decidirían los canas a cortarle el chorro a la gente ésta. Quizás tendrían que esperar a que algunos de ellos volvieran de Colombia. Había dos parejas: Deborah, que seguía vendiendo *stuff* al pormenor mientras tenía un fato con Raúl. Nick, el marido australiano, que hablaba el castellano más pobre y arrevesado del mundo, estaba en Medellín con Laurita, la prima, y el otro tipo, Matthew (en realidad, Mateo) buscando la conexión.

Perla, la mujer de Raúl—en una misión medio separada, se había ido a Cali para intentar hablar con "la Señora", que era una malandra bastante pesada, así que tenía que tener cuidado. Pero Perla era de Cali y conocía gente importante en la ciudad

—Otra que las telenovelas,—pensé — en el momento que se arme acá, se va a armar lindo.

El panorama suena bastante complicado hasta que uno los oye hablar y les conoce las voces, las personalidades, y la manera en que se manejan. Entonces es como si los conocieras íntimamente. Se los puede oír reírse, respirar, llorar, implorar, amenazar, del otro lado del tubo. De cualquier manera, por eso es que los canas tienen diagramas en las paredes, con todas las fotos, y con flechitas, conexiones, nombres, lugares, etc.

ERAN COMO las dos de la tarde. Pitaba, saboreando el cigarrillo con fruición. —Después de dormir, comer y encamarse, lo mejor es un buen pucho. —pensé. Tenía el Concierto de Aranjuez en el HomePod. Narciso Yepes se la hacía pururú a la guitarra, así que las cosas no podían estar mejor. Una lástima, el mate estaba frío, así que puse a calentar la pava otra vez. Mientras lo cebaba, me admití a mí mismo que había mantenido el hábito de puro autóctono que era. El mate era rico, pero se podía dejar fácil, especialmente en un lugar como

Sídney, donde había que manejar tres cuartos de hora para conseguir un kilo de Cruz de Malta. Y a veces ni eso: uno se tenía que ensartar con yerba brasilera, que era de lo peorcito. Los brasileros son algo bárbaro para la música, pero para yerba, la única opción era la misionera.

Tenía la idea esa del dron. La idea me seguía volviendo a la cabeza. Era una buena idea y, además —pensaba— tengo mucho para ofrecer. El asunto me parecía cada vez más interesante.

— Puta que está caliente, — dije en voz alta, despegando la bombilla del labio inferior, con un dolor padre —y seguí con el pensamiento—seguro que sería posible conseguir algo que pueda llevar hasta veinte kilos sin que lo detecten. Esas cosas pueden volar hasta 250 kms, que es una buena distancia para un yate. Algunos son meteorológicos, otros tienen otros fines científicos. Cuando sonó el teléfono estaba pensando en llamar a alguien que conocía en Estados Unidos. Miré el iPhone y—por supuesto—era Carla.

— Hola — ladré, fuerte y medio con prepotencia. No me gustaba que me interrumpieran, especialmente cuando le estaba dando vueltas a esta idea que se hacía cada vez más real.

— Hola, papito, no me shamás, no me venís a ver. Me tenés totalmente abandonada, Rober. Hace una semana te vengo dejando mensajes en el telefonito, y nada—había algo cálido en la voz quejumbrosa. La mina tenía un acento porteño que se caía.

— Mi amor, vos sabés como son estos casos —me excusé— en los últimos tres meses no he salido, no he tenido sábados ni domingos. Llego, duermo, como y voy de vuelta al laburo. Vos sos la única persona que veo, aparte del cubano y las minas del trabajo. Ya se termina. Yo le calculo unas dos semanas, a más tardar.

— ¿A qué hora entrás hoy?

— A las ocho. ¿Por qué no te venís un rato?

— Te voy a buscar y nos vamos a tomar un cafecito a Paddington. Eso, si me prometés que a la vuelta vamos un rato por tu casa, *if you know what I mean.*

— Dale, venite.

— Chau, un beso.

~

EL CORREDOR que separaba las dos hileras de cubículos era interminable. Las chicas de CID (quería decir *Communication Intercept Department*) lucían sus audífonos con la misma cara de aburrimiento de siempre. Se la pasaban pintándose las uñas, mirando videos en el iPad y hablando de tipos. La escena era más deprimente que Kafka. El cubano le arrastraba el ala a una de ellas. Lo veía seguido en el cubículo charlando con ella. Me hacía gracia.

Había pasado por todos los puestos de seguridad, había mostrado la credencial dos veces y había abierto la puerta con la *swipe card.* Era la peregrinación de todos los días hasta llegar al cubículo.

El bigotazo del cubano más que esconder, resaltaba una sonrisa Colgate. Estaba leyendo la transcripción del último pen drive. Era un buen tipo. De traje y corbata, lucía medio fuera de su onda normal. Yo pensaba —Éste es pintoresco aunque se vista de cura. Tenía la guayabera en el alma.

— ¿Qué decís, checito? —me recibió, intentando...

— Bien, m'hijo, bien. ¿Pero no te das cuenta que eso es un *dead giveaway*? Lo de "qué decís" está bien, pero en la Argentina nadie le dice "checito" a nadie.

— Oye, que nunca he estado en tu patria, hermano. Bueno, ¿Qué tú crees? Antes de leer la traducción que hiciste, estuve oyendo la línea *Makeup*. A mí me parece que Raúl no sabe nada del asunto. ¿Tú crees? Me parece que es un pendejo. La mujer no le ha dicho nada. Si oyes todas las conversaciones de *Makeup* de septiembre te das cuenta que la mujer nunca le dijo que se iba a Cali a hacer contacto. Parece como que es genuino lo que le dice a todo el mundo que la mujer se ha ido a ver a la madre que está enferma. Yo lo veo así. Es mi humilde opinión.

— Ajá. No, tenés razón, es un pobre bolas. La Perla lo tiene engrupido de que es una santa. ¿Y qué pasó hoy? ¿Cómo va el asunto por el otro lado?

— Oye, está muy rico: Laurita y los gringos ya han estado charlando con los intermediarios y parece que consiguen veinte kilos por ese lado. Ya vas a oír la reunión en Medellín. La calidad del sonido no es buena porque es de un dispositivo, no de teléfono. Ya la vas a entender sin problemas. Nick y el otro al principio andaban medio asustados, pero ahora no pueden ocultar el entusiasmo. Como siempre en estos asuntos, hay cosas que pueden salir mal pero, hasta ahora, parece que han tenido suerte. Ya han depositado en la cuenta de banco de los otros.

— ¿Qué, y ustedes tienen todos los detalles de las cuentas?

— Sí, los colombianos saben todo, hombre.

— Che, ¿y del Jefe no se supo nada?

— No, del Jefecito, lo único hasta ahora es que está en Melbourne.

— Ése es el más piola. Es como la Señora, que nadie la ha visto más que Andrés.

— No, ya los colombianos tienen un *dossier*, pero no se le puede probar nada. Y lo que no hay tampoco es fotografías recientes.

— Perla también parece andar bien, según la última conversación con Raúl…

— Todo está chévere. Chico, tú sabes que conoce a todo el mundo en Cali. Creo que Perlita va a conseguir de cinco a diez kilos más. El único problema hasta ahora es el precio. No se puede poner de acuerdo con la Señora, bueno, por lo menos con el intermediario.

— ¿Y ustedes, cuándo se largan a patear puertas?

— Oye, todavía no; espera un poco más pues, che.

Al cubano no le gustaba mucho cuando le hacía preguntas fuera de mi jurisdicción. Muy amigos, sí. Latinoamericanos, sí. Pero el cubano pertenecía a ese otro club, exclusivísimo en estos casos, y yo no: él era el policía. Yo era civil. Había preguntas que no se hacían y respuestas que no se daban. Como siempre, la desconfianza medio como cortó la conversación. El cubano dio una excusa para no ir a tomar el café de siempre y salió, charlando con otro policía. Yo volví a lo mío. Había una pila de pen drives de *Lipstick* y de *Makeup*. Agarré una de *Lipstick*, que siempre eran las más interesantes, y la puse en la laptop. El contador empezó a correr, y el reloj electrónico, a marcar las décimas de segundo.

Pregunté por el dron que había visto en el sitio web. El tipo se sonreía todo el tiempo y tenía respuestas para todo. Aparte de tener un dejo de olor a pis, era ingeniero y usaba saco de tweed y zapatos con suela de goma. Tenía una cantidad increíble de drones chicos y uno que otro grande, pero también tenía contactos con drones más grandes, más profesionales. Parece que era socio fundador de una de las asociaciones de drones de Australia. Me dejó muy bien impresionado. Sabía cualquier cantidad. Mientras charlábamos, Carla se hacía la interesada. Miraba un dron tamaño escritorio que valía miles de dólares. Yo podía ser amigo sin mucho problema, así que estaba en proceso de hacer que el tipo se sintiera importante. Pero también estaba el asunto comercial. Yo no parecía un cliente normal, pero no estaba seguro. Al final le vendí la historia que tenía una compañía y que estaba interesado en hacer entregas comerciales.

Terminamos amigotes. Al salir le prometí que le iba a traducir un par de folletos y él me iba a averiguar si se podía usar el dron meteorológico para hacer entregas, aunque ya me había dado información importante. Tenía un par de nombres en Estados Unidos y el nombre de uno de los productores en Australia, datos básicos, precio, modelos, y cómo encontrar detalles más técnicos en la web.

Llevé a Carla a almorzar a Chatswood, después volvimos a Paddington y, mientras ella miraba su celular, miré en mi iPad para averiguar un poco más. Estaba satisfecho y al mismo tiempo ansioso.

LA ETIQUETA del pen drive decía *Lipstick*-C135. El contador, 24320. El reloj, 02.40am. Empecé a transcribir:

— *Hoola, mi gordito amoroso!* — *Deborah había pasado de canchera a una mezcla entre muñeca y hadita del hogar*— *¿Cuándo vas a volver con tu lindita que ya no puede más?*

— *Hola mi baby. Estoy cansado de estar acá. Quiero volverme contigo* —*Nick hizo el mismo tono de muñeco tonto*— *¿Cómo estás? ¿Qué hace la cachorrita?*

— *Yo, muy resfriada, pero más que nada extrañándote un montón. La perrita mordió todo el sofá, así que tiene prohibido entrar. El primer día aulló tanto que los vecinos se quejaron. En fin, un drama, pero ya se acostumbró. Ahora se porta bien, aparte de correr a los pajaritos como una atolondrada. Ahora está dormidísima. ¿Y vos, mi amor, cómo van las cosas?*

— *Todo muy bien, muy bien. Estamos en un hotel lindo. Los precios, caros, pero bueno en general. Laurita salió con Matthew. Pero parece que los amigos van a hacer un embarque y ya después de eso nos podemos volver a casa. El asunto es dejar organizado todo la primera vez. Por ahora todo lo que sabemos es que vamos a mandar dos remesas de diez libros, ¿me entiendes?*

— *Sí, Nicky, sí. ¿Y viene todo a la dirección de la compañía?*

— *Sí... No te conté, tuvimos un poquito de problema porque yo me enojé un poco con nuestros amigos cuando tuvimos la primera demora. En realidad, yo sé que las cosas son distintas en Sudamérica. Hay que tener más paciencia. Ahora está todo bien. Más que nada, me doy cuenta.*

— *Bueno, me alegro. ¿Y aparte de eso, todo bien?*

— *Sí, Perla nos contactó desde Cali. Parece que la Señora manda cinco libritos más, pero no es seguro todavía. Aparte de eso, lo único es que todos tenemos diarrea, incluyendo Laurita. Así que muy funny, muy funny. Tiene razón la gente cuando dice don't drink the water.*

— *Bueno, vuelvan rápido. Y decile a aquélla que me llame, ¿okey?*

— *Bueno, lindita.*

Terminé la transcripción, imprimí el documento y lo puse junto con los otros. Esa era la rutina. Tenía que hacer interpretaciones verbales de lo que se dijera en vivo o, si no había nada en vivo, hacer transcripciones de todos los pen drives que me hubieran dejado, dentro de lo posible, y ponerlos en la pila para que los canas los leyeran. Esa noche le quedaban cinco, y eran todos de *Makeup*.

Tomé un pen drive que decía *Makeup*-C102 y lo puse en la máquina. Hizo los *beeps* y ruidos de siempre.

— *Hola, Pedro, ¿eres tú?* —la voz era totalmente desconocida.

— *Hola, ¿qué dices, hermanito?* —en la voz noté esa familiaridad afectada que en el submundo de la droga significaba peligro o respeto.

— *Negro maricón, ¿qué andas haciendo?*

— *Acá estamos, ¿y tú, mi vida?*

— *Todo bien. ¿Cómo anda tu familia, los niños, la señora?*

— *Bien, hermano. ¿En qué puedo servirte?*

— *No, nada, pues. El Señor quiere saber cómo andan las cosas.*

— *Dile que va todo bien. Estamos haciendo una prueba pequeñita junto con los de Bogotá, tú sabes. Nuestra amiga habló ya con la gente, y ahí veremos.*

— *Bueno, hombre, bueno.*

— *Dime Octavio, ¿y tú en qué andas?*

— *Tranquilo todo. Lo de siempre. Llámame cuando haya más novedad, ¿quieres?*

— *Sin problema. Ah cabrón, si no tengo ni tu número... Dame la línea fija, man. No me la mandes por WhatsApp. He estado teniendo problemas con esa mierda.—Me sonreí. Sabía que los canas tenían acceso a su cuenta de WhatsApp.*

— *¿Qué vaina es esa, negro? Anota, pues...cero...tres... nueve... tres....cuatro...—* después de oír la característica de Melbourne, el corazón me empezó a correr carreras — *cinco...siete...seis... siete...seis...ocho.*

— *Seis... ocho...—* sonó el eco de Pedro. —*repíteme el verraquero número, que ya me has confundido.*

— Cero-tres-nueve-tres-cuatro-cinco-siete-seis-siete-seis-ocho. *Okey, hermano. Llámame, ¿okey?*

— *Dile que hasta ahora ni un problema.Okey. Chau chau.*

La conversación había sido extraña. La gente normalmente tenía tres o cuatro celulares. Nadie usaba líneas fijas—excepto la gente muy importante—me imaginé. ¿Habría una conexión con el Jefe? Lo que fue extraño fue que pasara el número por teléfono.

La característica de Melbourne me dio el empujón que necesitaba. Estaba segurísimo de tener algo que nadie más tenía. Con mano temblorosa escribí "Octavio" y el número en un papelito de Post-it. Lo doblé y me lo puse en el bolsillo. Muy cuidadosamente, borré la última parte de la conversación de la máquina.

— ...

— *Bueno, hombre, bueno...*

— *Dime Octavio, ¿y tú en qué andas?*

— *Tranquilo todo. Lo de siempre. Llámame cuando haya más novedad, ¿quieres?*

— *Sin problema (ininteligible)*

Esas fueron las últimas palabras que quedaron en el pen drive. Había borrado el número. Era ininteligible. Hice la transcripción hasta ese punto y la puse sobre la pila con los otros documentos. Sabía que había una copia maestra, pero nadie la miraría, ni compararía esta grabación con la matriz. No había ninguna razón para hacerlo.

N ICK , Laurita y el otro habían vuelto de Sudamérica hacía tres días. Perla se había quedado en Cali con su familia y ya había llamado tres veces a Raúl: primero que volvía el lunes, después que la mamá quería que se quedara unos días más, y al final que se había cancelado el vuelo que había reservado y que no había otro asiento hasta la semana siguiente.

La vida comenzaba a retomar una rutina que quizás les pareciera normal a todos ellos. Nick y Deborah iban a visitar amigos y se preparaban para cuando llegara la primera remesa. Iban a comer afuera, hacían el amor y miraban la televisión. Laurita se había ido a vivir con su novio. Yo sabía que eso no podía durar. La sensación era un poco como estar mirando una colonia de hormigas, de ésos que tienen los chicos en una cajita de vidrio. Las hormigas siguen moviéndose sin saber lo que les espera. Yo estaba muy al tanto de que se les venía el diluvio y ni ellos ni yo podríamos hacer nada para detener ese final abrupto. En ese sentido, me daba cuenta que la pena que podían darme esas pobres vidas tenía mucho que ver con el haberlas observado tan de cerca. —Es un poco lo del síndrome de Copenhague—, pensaba. Pero había algo más. Sentía como una necesidad de rebelarme contra toda esa realidad policíaca. La aventura era posible sin la colonia de hormigas, estaba seguro. Por supuesto que había riesgos. No ser colombiano era una clara desventaja.

El cubano, por su lado, ya había estado hablando de que en unos días se iba a terminar la intercepción de la línea *Lipstick*. ¿Eso significaba el fin del operativo? Sin respuesta.

COMO SIEMPRE A ESA hora de la mañana, la peatonal de Pitt Street estaba llena de gente. Salí de *Angus & Robertson* y fui a tomar un café a la Torre. Abrí el iPad y empecé a leer los titulares. Casi se me cae de las manos: En un operativo que había tomado más de un año, la Policía Federal Australiana había infiltrado y detenido una importante banda de narcotraficantes. Como resultado se había interceptado un embarque de cocaína de más de veinticinco kilos que venía adherida a la parte interior de la envoltura plástica de revistas. Había nombres, fotos y toda la historia con los detalles. Nick, Deborah y Laurita ya estaban adentro. Raúl, que parecía no haber tenido nada que ver, había sido interrogado y le habían revisado la casa de punta a punta. Perla había quedado aislada en Cali. Pensé que, de cualquier manera, la iban a traer de las pestañas en la primera de cambio. Colombia tenía en convenio mutuo de extradición, así que no iba a ser demasiado problema.

∿

ESTABA SEGURO. Quería mostrarles la idea del dron. Pero antes tenía que llamar a Carla.

— Mi amor —por el tono nomás, Carla sabía que se venía una excusa, un escape, algo que no le iba a gustar—se terminó el caso. Lo único es que me voy a tener que ir por un par de semanitas. Los canas me mandan a otro lado. No te puedo decir más, sabés, pero te voy a llamar de donde esté.

— ¿Cómo que no me podés decir, Roberto? Entre nosotros no tiene que haber secretos.

— Vos sabés cómo son éstos. Siempre con la mentalidad de espías ésa que tienen. Y si a vos se te llega a escapar con alguien a mí me puede costar que no me den más laburo, ¿sabés vidita? Pero no te preocupés. Yo te llamo, si no todos los días, por lo menos día por medio, ¿okey?

— No, no okey, pero si lo tenés que hacer me la tendré que bancar, ¿no?

— Un besote grande mi amorcito.

— Chau Rober, un beso. Llamame, eh.

Mi próxima llamada fue al *Hilton on the Park* para hacer la reserva. El pasaje ya lo tenía organizado con *Qantas*. Salía a las seis de la mañana del día siguiente. Me iba a dar el tiempo justo para hacer lo que tenía que hacer. Lo primero era ir a la oficina y decirles que no iba a estar disponible por un par de semanas.

∿

EL CUBANO ME estaba esperando con una sonrisa de oreja a oreja.

— ¿Así que los cazaron a todos?

— ¿Qué te parece, chico? Vinieron como corderitos.

— ¿Cuánto les darán?

— No sé, mira Robeddto, yo calculo que por lo menos doce años a los más metidos, y eso incluye al Nick, a Deborah y a Perla, cuando la cojamos.

— Uy, papito, no te entusiasmes con la colombiana que está lejos.

— Calla, chico, con tus argentinadas del coño sur.

— Che, y con el otro ¿qué pasó?

— ¿Quién, Matthew...? Mateo era de los nuestros. ¿No sabías, tú? —el cubano estaba que se salía de la vaina, de pura satisfacción, por supuesto que sabía que no me lo habían dicho.

— Eso es lo interesante que tienen estas cosas, tú. La mayoría de las veces, nosotros sabemos lo que están haciendo, mientras que ellos no tienen ni idea. Lo que le hace a uno sentir como los dioses es un control total de la situación.

Me sonreí un poco, ocultando mi sensación de superioridad, y seguí haciendo sociabilidad un rato, con el cubano y con la jefa. Después les expliqué que tenía una traducción muy urgente y que no iba a estar disponible por dos semanas, pero que me guardaran todos los pen drives que quisieran, ahora que no iba a haber apuro hasta que los juzgaran. *Makeup* iba a seguir abierta por otra semana, me dijeron, pero me guardaban todo, porque cualquier cosa que se dijera no iba a ser importante.

Dormí mientras salía el avión, tomé mi Coca y comí mis galletitas, y lo que siguió fue un vuelo de lo más normal. Cuando me desperté estábamos aterrizando en Tullamarine. Como solamente tenía la valijita de cabina y mi mochila no tuve que ir al carousel a buscar equipaje. Me fui derechito a la parada de taxis. La lluvia era típica de Melbourne y el tachero era Sikh, por supuesto, con turbante y todo. Charlamos, se sonrió y sacudió la cabeza para los costados, tal como uno esperaba. Hasta ese momento todo había andado bien.

Entré en la habitación, me senté en la cama y saqué el papelito amarillo. Me tomó varias llamadas ubicar a Octavio. Sabía que Octavio iba a ser desconfiado y sabía lo que me estaba jugando. Sin embargo, estaba determinado a llegar al fondo del asunto. Al principio me pareció mentira sentirme la voz en el teléfono, mezclada con la de Octavio. Era como haberme desdoblado y poder verme a mí mismo, en el comienzo de una nueva, extraña, etapa de mi vida.

A veces podía ser muy convincente y sonar muy sincero. Esas eran las mejores armas que había tenido en mis épocas de vendedor de enciclopedias, allá muy lejos en un Buenos Aires que estaba cada vez más nebuloso. Acá tenía dos cosas para vender: mi conocimiento del CID y el dron. Le expliqué todo a Octavio, incluyendo algunos detalles técnicos. Tenía una autonomía de varios cientos de kms y podía llevar hasta veinticinco kilos por vuelo. La autonomía era suficiente para cualquier yate fuera de las aguas territoriales de Australia. Con un iPhone era posible hacerle ajustes al vuelo a más de dos mil metros entre partida y aterrizaje. El segundo producto era todavía más atractivo: tenía información interna de cómo operaban los canas y de lo que sabían. Estaba seguro que eso le sonaría atractivo a cualquiera que estuviera en el ambiente. Al final lo convencí a Octavio nomás. Pero ése era solo el comienzo. El Señor tenía la palabra final y quizás no quisiera verme. Después de todo, yo no era colombiano.

∾

LA SALA de espera era bien lujosa sin ser necesariamente ostentosa. No había visto nada así en Australia: la *boiserie*, el Pissarro original, la alfombra *Aubusson* y las *bergères* Louis XV, que eran de veras. Nada que ver con el gangster que se había imaginado. El bocho y la adrenalina me andaban a mil. — Todo tirando como a francés, —pensé— quizás el loco este no sea colombiano.

Se abrió la puerta y una sonrisa cálida me estiró la mano, amistosa, de bienvenida. Las sienes canosas le daban un aire de poder y seriedad que condecía con el resto del despacho. No cabía duda que el Jefe era un hombre que había llegado.

El acento porteño medio me sorprendió, pero me hizo sentir inmediatamente cómodo, un poco como estar en casa.

— Pase, Salinas. Che, gusto conocerlo. ¿Así que usted es el que quiere largar un dron desde mi yate? Soy todo oídos. Pero primero cuénteme un poco de usted, de su vida. ¿De qué parte de Buenos Aires es?

LA REALIDAD DEL TRABAJO *

ste cuento tiene muchas perspectivas. Entre ellas, la aventura, es decir, el personaje quiere algo totalmente nuevo. Se da cuenta de que tiene la posibilidad de una aventura y de una vida diferente a la que ha llevado hasta ese momento. La tecnología: tiene la idea del dron y la quiere implementar ya sea legal o ilegal. El perjurio y la traición: ha jurado cumplir con las reglamentaciones de confidencialidad y privacidad de su empleador. Quebranta absolutamente todas las reglas y va a trabajar para los delincuentes y a espiar para ellos. Sabe que hay peligro de ambos lados y aun así lo hace. Más que el dinero, la atracción parece ser el flujo de adrenalina. Al final termina trabajando como agente encubierto, pero para el lado del mal. Está infiltrado en la fuerza policial. Lo único que tiene a su favor es que muchas veces es difícil decir quién es un santo, y quién, un pecador.

La historia termina con la sorpresa de que el "Caballero", el Jefe, es un argentino. Eso es muy improbable ya que, quizás por razones geográficas (los lugares en los que se produce, o por dónde pasa, la droga), los que participan en esas actividades son casi siempre colombianos o mejicanos. Hay otros latinoamericanos, por supuesto, pero es más raro encontrarlos.

Las agencias de orden público emplean lingüistas en todo el mundo. Muchos trabajan para esas agencias traduciendo, interpretando, descifrando mensajes en código, o haciendo tareas de inteligencia. La mayor parte del trabajo que se hace para las agencias de orden público tiene que ver con llamadas telefónicas interceptadas. Pueden ser grabadas o en vivo. Pueden haberse obtenido de un teléfono o de un dispositivo. El dispositivo puede ser algo que se coloca en el teléfono, o en una habitación, o un grabador que se apunta a los interlocutores. Como explico en la historia, la vigilancia tiene que ver mayormente con terrorismo o con drogas. En el caso del castellano, definitivamente con drogas. Para ser más específicos: cocaína.

El trabajo de vigilancia es toda una experiencia. Uno está un poco en una película pero es real. Como el personaje dice al principio del cuento, uno está escuchando y los delincuentes no saben que uno está ahí. Algunas de las personas que participan en los diálogos están en peligro; se puede percibir la mayor parte del tiempo, especialmente cuando están estableciendo contactos, sin que importen las referencias que tengan. Los delincuentes sospechan de todo el mundo, hasta de sus amigos. Todo el tiempo. Cuando se trata de tareas encubiertas, el peligro es muy evidente e inminente. Puede pasar algo muy malo en cualquier momento. Se presiente. Se nota, especialmente en la voz de los agentes encubiertos.

En mi experiencia, por lo menos, lo que pasa en el cuento es muy similar a lo que pasa en la vida real. Es parecido a la manera en que los soldados describen la guerra: uno está esperando gran parte del tiempo. La mayoría de las veces se oye a personas de menor importancia hablando de cosas totalmente inconsecuentes. Hasta que sucede algo.

Uno nunca sabe quién es el Jefe con mayúscula. Rara vez se lo oye. Cuando habla es muy poco y queda bien claro que es él.

La otra cosa con respecto al trabajo de vigilancia es que es sumamente interesante, como posiblemente sea la mayor parte del trabajo de la policía. Uno aprende a conocer a los personajes muy de cerca. Uno sabe qué se puede esperar de ellos. Uno casi puede adivinar su próxima movida. A menudo uno siente pena por ellos. Y muchas veces uno termina viéndolos en los tribunales, antes que el juez emita la sentencia. Entonces, al oír "Veintiún años" uno piensa "Ahí se le terminó vida". Y se trata de una persona que uno ha "conocido" por meses y, a veces, por años.

MÁS ALLÁ DEL TIEMPO

"Con te partirò
Su navi per mari
Che io lo so
No, no, non esistono più
Con te io li vivrò."
-Andrea Bocelli

i uno entrecerraba los ojos, las filas de soldados parecían de veras. Era posible imaginar cómo habría sido la batalla. Ya había decidido, después de informarme muy cuidadosamente, qué colores le iba a poner a la caballería persa. Ya lo tenía apalabrado a Graham para la semana siguiente. Graham tenía los espartanos listos, así que nos podíamos largar con la batalla de Platea sin mayor problema.

Pintando las botas de un jinete persa, pensaba en cómo, por arriesgarse sin necesidad, Mardonio había perdido Platea cuando ya estaba casi ganada y cómo los griegos habían terminado echando a los persas de vuelta a Asia. —La verdad que al pobre Mardonio lo engrupieron los otarios, los amigos, el gavión— me decía, imaginando la engañosa retirada de los griegos, pero con un incomprensible dejo de tango en el pensamiento.

— ¡Otra vez con los soldaditos, Pancho! Parece mentira, che, casi cuarenta y cinco años, juntándose con los otros paparulos grandotes a jugar. —la voz de Julia sonaba más cansada que agresiva.

— Mirá, no te voy a pedir que entiendas, porque ya te lo he explicado muchísimas veces y no parece hacer mella. Te repito, sin embargo: éstos no son juegos de soldaditos. Los modelos solamente nos ayudan a visualizar las tácticas y estrategias de los generales. —le aseguré, un poco frustrado.

Después de una pausa, y como con rabia contenida, empecé a limpiar los pinceles y a ponerlos muy ordenadamente en la cajita de madera con los esmaltes. —Quizás tenga razón: — pensaba— éste es un escape típico de mis amigos bibliotecarios. Por ahí a nivel emocional soy un pibe de diez años y no me doy cuenta. En fin, *nothing we can do about it*.

LOS PENSAMIENTOS me retumbaban en el silencio oscuro del dormitorio. La madrugada empezaba a apuntar y la cama era un inmenso sandwich de hastío y decepción.

— El reflejo ése que entra por la rendija de la persiana me está molestando bastante, puta madre ¿Todo esto que me está pasando será una crisis, nada más? ¿Para qué lado iremos a parar? Andá a saber qué estará soñando la pobre— estiré la mano y la sacudí, Julia gruñó un poquito, murmuró otro poquito, y dio la media vuelta hacia afuera, llevándose la mayor parte del edredón con el brazo. Firme pero suavemente, recuperé de a tironcitos el edredón usurpado.

— Las Malvinas, —pensé— solamente si Menéndez hubiera tenido las pelotas, o quizás si se hubieran largado con todos los aviones al principio como decía yo. El todo por el todo. Había que jugarse, carajo.

El horizonte se iba poniendo rojo. Pasó un rato y un *magpie* empezó con su cantito al lado de la ventana. Mis pensamientos no iban a ninguna parte—*Fenêtre, finestra*, ¿qué se nos habrá dado por decir "ventana" a nosotros? —el sueño ya no volvía. Los visigodos, seguro, con sus cosas germánicas: *window, windhole*. Éste es definitivamente un período crítico, porque es como si sintiera que se me viene el cambio encima. Desde ya, cualquier cosa va a ser mejor que la depresión de esta cama en esta casa alquilada. Cinco y veinticinco de la mañana. El insomnio es básicamente no poder parar de pensar.

—*Croce, croce delizia...* (¡Qué genio para sintetizar, este Verdi!) ¿Me estaré enamorando como un purrete?

Al final me dormí. Profundamente. Soñaba con una enorme pradera de narcisos. De ahí, con esa lógica ilógica de los sueños, entraba a un departamento que había compartido en la juventud, en la calle Libertad, y que dormitaba en el silencio grisáceo del amanecer. Julia me esperaba en una cama enorme. Yo me sacaba la camisa blanca y la colgaba del respaldo de la silla. El baño estaba oscuro. En ese momento alguien susurraba mi nombre en el hall, detrás de la puerta de entrada. El terror me paralizaba. Sabía que podía espiar por el visor, pero no me animaba a hacerlo.

~

HABÍA PREPARADO el desayuno tal como lo preparaba todos los días sin excepción: cereal para mí y tostada con miel para Julia. Twinings *Irish Breakfast* para mí y Nescafé descafeinado para Julia. Me gustaba el hecho de poder prepararlo automáticamente, sin tener que pensar. Había algo en esa rutina que me hacía sentir inexplicablemente seguro.

Terminé de tomar el té de un sorbo y salí.

En Canberra, las mañanas invernales son una mezcla de frío, gorgoritos de *magpie* y rocío cubriendo los jardines. Se puede ver el vapor saliendo de los escapes de los autos en los *driveways* de los vecinos.

— Apurate, Julia, que ya llego tarde chee— le grité, impaciente al lado del coche.

— Pará, nene, ¿qué querés? Vos te la pasaste como una hora afeitándote y ahora te la agarrás conmigo.

Cerró la puerta de calle y llegó al coche medio como al trotecito pero con las rodillas juntas, apretando la cartera contra el cuerpo. Olía a perfume y a guante de cabritilla. Era un olor de mañana que me hacía acordar a Buenos Aires, aunque en Buenos Aires venía mezclado con el olor matutino de la ciudad, es decir: café, tostadas y tabaco negro.

— *How ya doin' Greg? Doesn't feel like going to work, does it?* — Le hice un gesto con la mano. El vecino contestó desde lejos, sonriendo un asentimiento que nadie tenía tiempo de escuchar.

Lo que siguió fue, más que conversación, una charla escueta, de coche, y se intercalaba con las imágenes borrosas de los árboles de Northbourne Avenue, que pasaban raudos hacia atrás. Julia cruzó las piernas.

— Está bien fuerte para la edad que tiene —pensé/sentí— *Muda d'acento e di pensier,* sigo con Verdi. Era un genio, pero tirando a sexista el hombre, aun para sus tiempos—Por un momento me costó sacarle los ojos de encima a las piernas de Julia. Había algo, sin embargo, que ya me estaba alejando de todo eso.

— Jueves, día de pago— dijo Julia, como hablando consigo misma— ¿Te parece que tendrás tiempo para comprar el regalo para el casamiento de los chicos, gordito? — la voz de Julia se estiró, plañidera.

— Vos sabés que hay dos cosas que me rompen las que te jedi: una, que me tengas de petiso de los mandados, y otra, comprar regalos, ¿por qué no te hacés una escapada vos, que tenés todos los negocios del mundo al lado de la oficina?

— Okeeey. Puta, que humor, m'hijo, ni que fuera un regalo para mi mamá. Dejame acá antes que cambie el semáforo.

Después de salir del centro cívico, el coche siguió como con piloto automático hasta más allá del lago Burley Griffin, pasó la rotonda y el puente, y entró al estacionamiento de la Biblioteca Nacional, atraído por un imán. Sentí que el frío del lago me daba de lleno en la cara y apreté el tranco. La escultura de Henry Moore, reclinada muy al estilo etrusco, me vio pasar pero no demostró demasiado interés. La Biblioteca/Partenón me recibía con una oleada de aire tibio del tamaño de su hall de entrada. Saludé a todas las caras sonrientes que pasaban a mi lado, haciendo hincapié en el nombre:

— *Dave.*

— *(G'day, Pancho!)*

— *Marsha, what's happening?*

— *(Hi, Pancho)*

— *Ben.*

Era parte del ritual anglo y yo ya lo cumplía instintivamente. Aparte de eso, la vida en la Biblioteca tenía su cultura interna. En general, la puntillosidad exagerada de los bibliotecarios me daba medio como asquete, pero había aprendido a convivir con ellos sin demostrarlo. Al llegar al escritorio, me puse los guantes blancos muy ceremoniosamente y saqué la primera caja de manuscritos del día. El rótulo decía "Familia Trelawney – Correspondencia 1850-1950 – Caja 48".

Vi el texto escrito a mano y no puede dejar de sentir esos nervios otra vez.

~

St Patrick's, 15 de abril de 1862

Queridísima Mary:

¿Cómo está mi cuñado?

Pobre papá. Es una persona tan hermosa y es tan extremadamente correcto. He estado entusiasmadísima soñando con el baile de Duntroon. El caballero que te conté, que recién volvió de Sídney, ¡está en la lista de los invitados! ¿No sería grandioso? Le pedí a Mrs Hawkins que me cosa un vestido color perla. Me encantaría poder vernos antes de la fiesta. De cualquier manera, Dios decidirá.

Te mando un beso enorme, para ti y para mi sobrinita, de tu hermana, que las adora a las dos.

Emily

Otra vez estoy cerca. Otra vez vamos a pasar momentos juntos y ni siquiera me vas a ver. Ya hasta me estoy poniendo cursi. Qué ridiculez, ¿no? Nada peor que metejonearse cuando uno ya viene jugado.

LOS RULOS de Meg eran como un faro colorado en la cafetería de la Biblioteca. No era una belleza que digamos, especialmente si uno la comparaba con algunas de las chicas jóvenes que pululaban por ahí durante el *morning tea* o el almuerzo. Pero, a los cuarenta años, castigaba una sonrisa que la Laura de Petrarca hubiera envidiado y que tenía alzado a más de un bibliotecario. Le pregunté si estaba bien que me sentara con ella. Nos conocíamos de la Asociación de Traductores y habíamos intercambiado alguno que otro saludo y alguna que otra mirada hacía ya varios años, cuando ella andaba con el pelo largo flameando, de *kaftan* y sandalias indias, y cuando yo todavía pensaba que escribir era *hip*, y no algo que uno tenía que hacer porque si no se moría.

— Ya te había visto dando vueltas por *Manuscripts*, ¿Así que anduviste por Sudamérica? ¿Cómo se siente uno teniendo que volver a este mausoleo? — las preguntas de Meg, disparadas como con una semiautomática, no tenían el menor rastro de ironía ni de malicia. La voz era medio ronca, algo que me fascinaba.

— Mirá, Sudamérica no es puro tango y Julio Iglesias, como ustedes se creen. Y en cuanto a venir a laburar acá: lo que me atrae es el lujo, ¿ decime, aparte del Ritz Carlton, dónde más van a tener baños de mármol blanco? —le contesté— Por otro lado los sueldos, que como vos sabés, son de lo mejorcito.

La carcajada de Meg resonó sobre el murmullo monocorde de la cafetería. El rato se pasó como nada, charlando de otros tiempos y amigos en común. Cuando decidimos que era hora de volver a los escritorios ya casi todos los demás habían desaparecido.

LA SONRISA METÁLICA DE WENDY, que era la Directora de la Sección *Manuscripts*, se me acercó como hacía casi todas las semanas con sus empleados. Wendy no solamente tenía interés en lo que sus empleados hacían, sino que hacía un verdadero esfuerzo por demostrarlo.

— Hola, Pancho, —dijo, apoyando la mano sobre una de las cajas del escritorio—¿cómo anda esto? ¿no es bárbaro?

— Wendy, m'hija, qué honor tenerte por acá —le dije, sorprendido— Mirá, me llama la atención el buen estado de toda esta correspondencia, y aparte, el hecho de que esta gente la haya mantenido toda junta por tanto tiempo: es como una especie de milagro.

— Es que los Trelawney no solamente son una familia muy antigua de la zona, sino que están emparentados con cualquier cantidad de personalidades. Gente muy bien, ¿sabés? Imaginate que donaron la colección a la Biblioteca, junto con sables, uniformes y qué sé yo, que fueron a parar al *War Memorial*. Tengo entendido que la tasación fue como de cuatrocientos mil dólares. No que les importe mucho, con diez mil acres acá cerca en Michelago y dinero que les sale por las orejas. ¿Y, qué te parece hasta ahora?

— Mirá, estuve una semana organizando y catalogando toda la correspondencia de Cedric durante la Primera Guerra, cuando fue con la *Light Horse Brigade* a Palestina. Es difícil explicar hasta qué punto uno llega a conocer a alguien leyendo las cartas que esa persona escribe. Para qué te voy a contar que cuando abrí el telegrama que le contaba a la madre que Cedric había muerto y cómo había muerto se me estrujó el corazón, no sé, me arruinó el resto del día. No podía dejar de pensar en la pobre mujer. Uno realmente se compenetra. Te parece estar viendo una película, pero con la diferencia que los personajes son de veras, son gente como vos y como yo, con sentimientos, qué se yo. Ahora ya hace varios días que estoy leyendo las cartas de Emily a la hermana.

— Ah, sí: Mary, la que vivía en Cuppacumbalong, casada con el que aparece en el billete de cinco dólares —interrumpió Wendy, que se preciaba de estar muy al tanto.

— La misma, pero también hay cartas de Emily a otros parientes y amigos; vos sabés, empiezan en 1858 y siguen como veinticinco años, y Emily es tan prolífica y tan detallada para escribir. Es claro, en esa época se escribían todos los días, aunque fuera a muy poca distancia, por el asunto de que no tenían teléfono.

Wendy se fue, dejando una estela de Anaïs Anaïs, lo que me molestaba un poco porque era el perfume que usaba Julia y me creaba reflejos peligrosamente confusos. La otra cosa que me chocaba de Wendy era que tuviera ortodoncia a los cuarenta y tantos años. —*Vanitas vanitatum*, pensé, volviendo a concentrarme en las cartas de Emily, que era lo que me interesaba.

Debía haber sido una persona hermosa, súper generosa e increíblemente femenina. Toda la actividad y la energía que se podía trasuntar en la correspondencia estaba dirigida a hacer felices a sus personas queridas. Emily jamás hablaba mal de nadie, siempre estaba dando consejos fantásticos, era inteligente y tenía un sentido del humor se delataba en mis constantes sonrisas. Había una esencia de ella que pasaba de carta a carta, inundando de alguna manera el escritorio, impregnándome los guantes blancos y quedándose conmigo mucho después de salir de la Biblioteca.

Por varios días, había combatido conmigo mismo esa obsesión, aunque ya no la podía ver como malsana ni mórbida. Sabía que tenía una personalidad tendiente a ese tipo de cosas y quería distraerme sin pensar demasiado en el asunto. Sin embargo, una y otra vez me encontraba yendo, solo, a visitar el cementerio de St John. El mármol grisáceo, con el nombre Trelawney, en letras que alguna vez habían sido doradas, me servía de telón a sensaciones que no eran imaginadas sino bien reales. Tan reales como los guantes blancos que tenía en el bolsillo.

La había visto en un daguerrotipo de toda la familia: una imagen muy borrosa, con ese efecto de difumino que adquieren las fotos de los muertos. Apenas se podía distinguir el óvalo de la cara y unos ojos muy intensos y muy tristes. Tenía un vestido negro con cuello alto, por supuesto, que me hacía acordar a los que usaba mi tía abuela. El pelo era un poco el de la protagonista de la película "El piano". La asociación me hacía imaginar las manos como las de una odalisca que había visto en un retrato de Delacroix el año anterior en una exposición de orientalistas: manos lánguidas pero no inútiles sino con mucha personalidad. Sabía que tocaba el piano y que le fascinaba Chopin. A veces casi la podía oír, acariciando *Preludio en D "Gota de lluvia"* con sus dedos largos. El pensamiento me causaba gran placer. Era mi pieza favorita.

"MI QUERIDÍSIMA MARY:

¿Cómo está mi bebita hermosa hoy? ¿Y Helen? Ah, me encantaría poder pasar más tiempo con ellas. Dios decidirá cuándo.

Papá, como siempre, ocupadísimo. La congregación sigue creciendo.

Lo lamento, pero me tengo que ir. Sally McNamara quiere que la ayude con la cena que está preparando. Creo que la pobre está perdiendo la vista. Sin embargo, no quiere que la gente se entere.

Un beso enorme para mis angelitos y otro para tí.

Tu hermana que te adora.

Emily"

Miré el reloj. Eran las cinco menos dos minutos. Me saqué los guantes blancos y me puse el saco. Salí del ascensor lenta y ceremoniosamente, saludando a todos en el hall, tipo bibliotecario. —Apurado, pero con mucha dignidad, qué joder— pensé, acordándome de mi abuelo, que había sido intendente de Curuzú Cuatiá.

EN EL COCHE tenía la caja de herramientas con los soldaditos. Esta vez mi comando eran los rusos. Era en casa de Graham, que estaba a cargo de los franceses. Graham había preparado una mesa con Austerlitz que tenía detalles increíbles. Stephen Goodhope llevaba los austríacos, así que estábamos los tres súper entusiasmados.

— En realidad —pensaba—hubiera querido hacer Gettysburg. Lo que le encontraba de fascinante era el hecho de que la

Confederación no existía más. ¡Había algo tan atractivo en eso…! Como Biafra, como Aquitania. Como tantas otras realidades que habían desaparecido pero que sin embargo todavía estaban ahí. En ese momento, y de pura casualidad, o no, Andrea Bocelli cantaba *"... in navi, su mari che, io lo so, non esistono più..."*. Mares que ya no existen más. Wow.

Dirigía el coche como flotando dentro de él, casi sin manejarlo, hacia Weetangera. Graham esperaba, arreglando sus coraceros. Al momento justo de estacionar el auto al costado del *driveway*, Gerardina Trovato se estaba mandando una increíble versión de *Vivere*. No pude bajar y me quedé un rato más, gozando de la música. La voz repetía *"...vivere, cercando ancora il grande amore..."*. "Vivir, buscando todavía ese gran amor". Estoy seguro que muchas veces ese amor nunca llega.

— Me debe estar pasando algo raro, pensé. ¿De dónde viene todo este romanticismo? Siempre he sido un tipo normal, quizás un poco autista. Excepto por los sueños, por supuesto. —Puta, pero esto de lagrimear por una canción, es cosa de pendejos— pensé, levantando la caja de herramientas y secándome los ojos. Caminé hacia la puerta, como escapándome de la realidad irreal del auto y de la música.

— *Hi, man, how ya doin' Graham? Ready for action?* — Ya había salido de mi mundo extraño y entraba en un mundo de soldados idealizados, sin olor a pólvora, ni bosta en las botas. Me acomodé en el sofá y, mientras estiraba la mano para recibir la taza de té comencé a imaginarme la batalla de Austerlitz que viviría en unos momentos, sanitizada y a vuelo de pájaro, tipo la maqueta del "Titanic" en la película.

~

Por semanas Julia había sospechado que yo tenía un fato. Se daba cuenta que las cosas estaban lejos de ser normales.

Cuando llegué a casa vi la nota de Julia sobre la mesa de la cocina. Se había ido a lo de Kirsty a jugar al backgammon. Iba a volver tarde. No quería que la esperara.

No había nada en el noticiero de la ABC. Busqué en Netflix, AppleTV y YouTube. La búsqueda me exasperaba. También me aburría a tal extremo que mis ojos se rindieron lentamente al ambiente beige en donde está el comienzo de los sueños.

El sueño era vívido. Y lúcido. Era parte de una serie repetitiva en la que voy a un pueblo que es "mi" pueblo. Las casas y los negocios son todos de ladrillo rojo, con esculturas y relieves y recovas, también de ladrillo rojo. El pueblo es un reflejo de todos los pueblos y ciudades en las que he vivido. No tiene la menor lógica. Hay un puente cubierto de vidrio en una de las calles principales. Está la mansión de mi tía, pero solo durante la noche. Hay una calle que baja de una colina. Esa es la calle por la que bajan los portugueses y los vietnamitas. La iglesia es roja por dentro y tiene féretros negros en el medio de la nave. De vez en cuando voy a esa iglesia. No da miedo pero es realmente extraña. Todas las veces es lo mismo.

El sueño era más vívido de lo normal. Había ido al campo en un sulky especial. No podía ver el caballo, pero estaba ahí. Esa parte del sueño era en Michelago. Pero también en Braidwood.

Había como una penumbra en la casa. A medida que caminaba dentro podía ver las cosas con mayor claridad. En ese momento me acordé que los hebreos separaban el día de la noche con un método muy simple: el momento en que se puede distinguir una hebra de hilo negro de una de hilo blanco.

Emily estaba en el corredor. Lloraba.

— ¿Emily? ¿Qué estás haciendo acá? ¿Estás bien?

— No hay presente. Solo estoy en el pasado. Era. No soy más.

— ¿Cómo sabés? Estás acá. En este sueño. Porque es un sueño. Y ahora mi pueblo es Braidwood.

— Sí, ya sé. Recuerdo a mi sobrinita. Y a mi hermana. No puedo ver a papá, sin embargo. Te vi la última vez, en St John's. Y de alguna manera también te conozco. Leés mis cartas. La última vez te golpeé la puerta. Hasta te llamé. No saliste porque estaba pasando algo más. Creo que tenías miedo.

— ¿Sabés una cosa, Emily? Tengo un poco de miedo ahora. Hasta en este sueño.

— Sé que me mirás. Vos creés que no me doy cuenta, pero me doy cuenta. Me gusta, ¿sabés? Es como halagador. Y también hay cosas tuyas que me gustan mucho. Sos bibliotecario y lloraste leyendo mis cartas.

— Y yo sé que estoy soñando, pero ¿puede ser real esto?

— Sí.—dijo en un murmullo, tomándome de la mano.

Me miré la mano, y la de ella en la mía. Mirarse la mano es la manera de estar consciente en un sueño lúcido. Caminé, conscientemente, tomándola de la mano. Me siguió hacia la puerta.

— Yo también creo que es real. Extraño, pero real. Los dos creemos que es real pero como en un sueño

— Me tengo que ir en un momento—Emily se dio vuelta mirándome, muy de cerca—¿Venís? —la pregunta era muy clara. Me miró a los ojos.

— Emily, no sé, dejame pensarlo.

— Lo único que hay entre nosotros es tiempo.

Hubo un beso. Un beso de veras.

JULIA SACÓ el llavero de la cartera y abrió la puerta. Ya era bien de mañana. Pancho estaba descalzo, con los ojos muy abiertos, mirándola con una gran sonrisa. Estaba muerto. El despelote era total, algo que no era normal en él.

La pantalla grande estaba en YouTube y abajo tenía una ancha hilera de íconos. También había una botella de Coca medio derramada sobre la alfombra. El control remoto estaba al lado de él, junto a un bowl japonés y una cuchara.

No había carta, ni mensaje; no había explicación.

Unos días más tarde, Julia revisó todos los archivos de la computadora: no había absolutamente nada.

En *The Canberra Times* el artículo decía que la declaración del Inspector J. Bennett, de la Policía Federal Australiana, decía que no existían circunstancias sospechosas pero que el Médico Forense emitiría el informe a su debido tiempo.

—

EL AMOR Y EL TIEMPO *

*N*ormalmente, el único propósito de un cuento corto es contar una historia. Sin embargo, esta historia en especial resalta varias preguntas sobre el amor y también sobre la muerte. Una de las preguntas es si es posible enamorarse de alguien a quien no se conoce personalmente u obsesionarse con esa persona.

Los fans de músicos, actores, deportistas famosos o de otras celebridades dicen estarlo. Así que parecería posible para alguien que esté un tanto desequilibrado, aunque no necesariamente en estado patológico, "enamorarse" así. Algunos de ellos están totalmente obsesionados con la celebridad a quien admiran. Están convencidos de estar enamorados, pero eso no parece suceder en una situación de la vida real. Si uno se enamora (no de manera emocionalmente desequilibrada o patológica), es normalmente de alguien a quien se conoce personalmente. Si uno se obsesiona con alguien a quien ve en una pantalla de TV, por ejemplo, es posible que se enamore de la personalidad de escena de dicha persona, pero sin conocer nada del ser humano que está detrás de la máscara.

Así que, no siendo directamente personal, la relación con la persona es en realidad una situación idealizada. Es el tipo de amor que podemos describir como platónico. El amor platónico es una conexión espiritual o emocional con la otra persona, idealizada. Uno piensa que conoce a la persona a través de sus acciones, opiniones o puntos de vista. Quizás incluya atracción sexual, o no. El momento en que hay intimidad sexual, las líneas y las fronteras se desvanecen. Ha habido casos de relaciones entre fans y celebridades.

El amor romántico que los hombres sienten por las mujeres en Occidente parece haber comenzado como un tipo de amor platónico en el Sur de Francia, para luego alcanzar Sicilia, y luego toda Italia y España. Hasta entonces el concepto de amor romántico era totalmente desconocido. Se desarrolló en el siglo XI, durante la época de los trovadores. Todo comenzó como una tradición literaria que enfatizaba la nobleza y la caballerosidad. Se idealizaba a la mujer al punto de santificarlas.

Para el Siglo XIII, Dante había ayudado a que el amor romántico migrara desde Sicilia hasta la Toscana. Eso sucedió al desarrollar el *Dolce Stil Nuovo* (o *Dulce Estilo Nuevo*) basándose en su amor por Beatrice. La amaba y admiraba a tal punto que, al finalizar su *Paradiso*, Dante la coloca en el Cielo, junto a Dios. Su amor físico, por supuesto, jamás se consumó.

Dante fue emulado por un grupo de poetas florentinos que se hizo famoso por sus canciones y poemas de amor cortesano. Así que la tradición literaria italiana comenzó con Dante Alighieri para luego seguir con Guido Cavalcanti, Cino da Pistoia y otros importantes literatos de la época.

Petrarca, siguiendo sus pasos, inventó el soneto y cantó su amor por la hermosa Laura, otra vez, un amor que nunca se consumaría.

Pero me he apartado del tema. Sabemos, entonces, que es posible que surja un tipo de sentimiento romántico por alguien a quien no se conoce o por alguien a quien apenas se conoce. Volvamos a las cuestiones que surgen del cuento.

¿Sería posible enamorarse de alguien mucho más joven o mucho más viejo? En 1996 hubo una película argentina, *Besos en la frente*, con China Zorrilla y Leonardo Sbaraglia, basada en una historia real, en el que una gran dama de 80 años se enamora de un dramaturgo de 26 años. La obra de teatro fue escrita por Jacobo Langsner, que fue el joven dramaturgo en la vida real. Hay muchos casos de hombres muy mayores que se enamoran de mujeres mucho más jóvenes. En ese sentido, la edad no parece ser obstáculo para el enamoramiento.

¿Será posible entonces amar a alguien que está muerto? A menudo, viudos y viudas aman a sus parejas mucho después de que éstas hayan muerto. Eso es algo muy común. La diferencia es que ellos han conocido íntimamente a la persona fallecida.

Quizás sería mejor entonces replantear la pregunta: ¿será posible *enamorarse* de alguien que ya está muerto? En el caso de la historia, Pancho, el protagonista, ha leído muchas cartas escritas por la persona objeto de sus sentimientos. Como en el caso de los fans, que se enamoran de la personalidad escénica de sus celebridades, la nueva pregunta que surge es: ¿en qué medida se puede conocer a una persona por el mero hecho de verla en una escena o leer su correspondencia? ¿Aun cuando la correspondencia no está dirigida al que la lee y ha sido escrita muchas décadas o un siglo antes de haberla leído?

Bueno, como alguien que ha leído muchas cartas escritas por diferentes personas en diferentes épocas, yo tengo mis ideas. Quizás ya se hayan imaginado que la situación es similar a escuchar llamadas telefónicas interceptadas. Uno es testigo del comportamiento de la persona en diferentes situaciones. Uno tiene la sensación de conocer a algunos individuos de manera bastante íntima, aun cuando ellos no saben que uno existe. Es literalmente como ser una mosca posada en la pared. A uno le pueden gustar ciertas personas o terminar realmente sintiendo antipatía por otras. En algunos casos, el vínculo unilateral con esa persona en especial puede desarrollarse como una especial empatía por dicha persona. Si el escucha o el testigo no es un individuo emocionalmente equilibrado, o si tiene algún tipo de problema psiquiátrico, es muy posible que la triste situación se transforme en depresión. En el caso de Pancho lleva a su suicidio.

El cuento no requiere juicio de nuestra parte. Es lo que le pasa a un hombre que se enamora de una mujer. En este caso, la mujer está muerta.

COINCIDENCIAS

A menudo hablamos de coincidencias, pero es un término amplio que incluye diversos tipos de coincidencia. Algunas de ellas son pequeñas; otras, grandes; y otras son colosales. Acá vamos a hablar de algo colosal.

Las pequeñas suceden todos los días. Antes de llegar a colosal quiero pasar por dos ejemplos de grande para dar una idea de magnitud. Punto de referencia. Por ejemplo:

Principios de la década del setenta. Como muchos jóvenes por esa época, un amigo mío hizo su *Grand Tour* de Europa, pero estilo siglo XX: Jorge, con su mochila, viajó en trenes, hizo dedo, caminó y anduvo en bicicleta con su novia noruega. En algún lugar cerca de Oslo se encontraron con un hippie norteamericano que venía de Philadelphia; llamémoslo Troy. Típico norteamericano joven, Troy era un poco charlatán y muy amistoso. Decidieron seguir juntos desde ahí a París. En París pasaron un día visitando los lugares turísticos y después se separaron, deseándose lo mejor para el resto de la vida. Semanas más tarde, Jorge e Ingrid estaban admirando una vieja iglesia en Villarossa, justo en el medio de Sicilia. Ahí apareció Troy, otra vez. Después de reírse, tomar cafés y comer un sandwich, se despidieron una vez más. En ese momento, Troy les dijo que se iba a Marruecos, a visitar a un amigo.

Un mes más tarde, Jorge e Ingrid encontraron a Troy en Toulouse, cerca de las ruinas de un castillo albigense. Esta vez hubo sorpresa y risas, cafés y después, los adioses de siempre.

Para hacerla corta, durante las semanas siguientes Jorge se encontró con Troy en Huelva (en la estación de tren, a las cinco de la mañana); Fuendetodos, Aragón, en una librería; saliendo del baño, en un restaurante cerca de Chinchón. Esa última vez—me contó Jorge—oyó el grito y la risa de Troy antes de llegar a darse vuelta y verlo. Para sus mentes jóvenes, la realidad parecía graciosa. También era inexplicable.

Muchos tienen historias como las de Jorge. Ésta la oí de primera mano, directamente del protagonista. ¿Cómo se explican las coincidencias de esa magnitud?

TUVE CONOCIMIENTO directo de otra coincidencia bastante increíble, y la oí de la persona a la que le sucedió: una joven australiana de vacaciones con su marido en Dinamarca. Se estaban alojando en una pensión y, un día para el desayuno, se sentaron en el comedor junto a una señora inglesa ya mayor. A la señora le llamaba la atención el acento australiano.

— ¿Son australianos, verdad? Tengo una amiga en Australia. – les dijo.

— Sí, somos australianos. Australia es un país grande. ¿Dónde vive su amiga?

— Vive en Canberra; es arquitecta.

— Ah, nosotros también somos de Canberra, y yo también soy arquitecta. Paisajista.

— Sí, ella también es arquitecta paisajista. En realidad, no es mi amiga. Es mi ahijada, la hija de una amiga muy querida a quien no veo hace años. Se llama Mónica Greaves.

De nuevo, para acortar la historia, Mónica estaba hablando con su madrina, a quien no conocía personalmente. Increíble coincidencia.

De la manera en que veo esto, básicamente somos hebras de conciencia que vagabundean y viven en el tiempo-espacio, que es objeto de nuestra observación pero al que muchas veces no entendemos.

Soy incapaz de explicar las coincidencias, y hay muchos ejemplos de la vida real que son totalmente extraordinarios.

LO QUE VOY A CONTAR AHORA SON dos historias de la Segunda Guerra Mundial. La misma guerra pero con una conexión bien extraña. Una coincidencia colosal. Si no creés lo que cuento no te culpo.

Corría el año 1971. Yo trabajaba como ayudante de bibliotecario en la Biblioteca de la Facultad de Derecho de la Universidad Nacional de Australia, en Canberra. Indexar periódicos y revistas de derecho no era el mejor trabajo del mundo, ni el más interesante. Apenas ayudaba a pagar las cuentas. Pero, como ya estaba cerca de los treinta, casado y con dos hijos, el trabajo era razonable. La única opción que tenía era volver a hacer de peón en la construcción. Eso realmente no me andaba muy bien.

Todos los días de trabajo, a media mañana, el encargado me traía una pila de revistas jurídicas para indexar. Charlábamos, fumábamos un cigarrillo, y muy a menudo, compartíamos el café de la mañana. Solo éramos compañeros de trabajo pero terminamos teniendo algo muy parecido a una amistad.

Ray Sommers tenía casi cincuenta (viejísimo), era pelado, tenía un ojo que apuntaba a la derecha—sin que le importara lo que hacía el otro—, fumaba un cigarrillo detrás del otro, y tenía los dedos tan manchados de nicotina como yo nunca había visto antes.

Después de muchos cafés de la mañana e incontables cigarrillos, me enteré que había sido prisionero de los japoneses durante la Segunda Guerra Mundial.

Era de Wagga Wagga, en Nueva Gales del Sur, pero por algún motivo lo habían reclutado en Melbourne cuando recién había cumplido los dieciocho. Unas pocas semanas de entrenamiento y toda la 22ª Brigada, su brigada, había salido para Singapur. Cuando los japoneses invadieron, ellos resistieron algunas semanas en Malasia hasta que, abrumados, se habían tenido que retirar de vuelta a Singapur. Lo que pasó después fue algo que dejó a todo el mundo confundido. Cuando los japoneses entraron en la ciudad, el General Percival se rindió sin pelear. Todos los soldados fueron tomados prisioneros y de ahí fueron a trabajar construyendo el ferrocarril.

A mí me entusiasmaba todo lo que fuera japonés, así que me interesaba la experiencia.

— Ray, ¿terminaste aprendiendo japonés?

— Quizás podría haberlo hecho, pero realmente odiaba a los hijos de puta. Estábamos muy hambreados y ellos eran muy malos y crueles con nosotros. No te podés imaginar lo crueles que eran.

— ¿Por ejemplo?

— Por ejemplo me rompieron los dedos más de una vez. Y necesitaban ninguna excusa para matarnos a palos.

— ¡Epaaa!

— Sí, eran unos malditos hijos de puta.

Después de eso no hice más preguntas sobre los japoneses. Me contó muchas de las atrocidades que cometían, que eran difíciles de creer.

A fines de 1944, trasladaron un grupo de ellos al Japón, para trabajar en un campo de prisioneros. Un submarino estadounidense hundió el barco que los llevaba, pero Ray sobrevivió y, cuando los japoneses rescataron a los sobrevivientes, los mandaron a un campo que se llamaba Sakata, en Japón.

Una mañana de invierno—muy fría, como son normalmente en Canberra— estábamos fumando y tomando café afuera cuando me contó lo que él creía había sido la cosa más triste que le había pasado. Después de Japón, había vuelto a su casa. Su hermano, Roger, dos años mayor que él, había caído durante la invasión a la playa de Anzio, en Italia. El padre de

Ray lo llevó al dormitorio que Ray y su hermano habían compartido durante la guerra. Ray notó que los efectos personales de Roger estaban todavía sobre su cama. La Rolleiflex que Roger tanto amaba estaba entre sus cosas. Ray le preguntó al padre si había llevado el rollo a revelar. El padre le dijo que no se había dado cuenta de que podía hacerlo. Cuando Ray llevó el rollo a revelar, las fotos ya no se podían recuperar, estaban vencidas, así que no le había quedado ningún recuerdo de los últimos días de su hermano. Pensar en eso lo mantuvo deprimido por meses.

~

Avancemos muchos años.

Finales de la década del noventa. Estoy en Austin, Texas. Mi tercera esposa tiene un padre estadounidense. Nos llevamos re bien. Cuando estamos en Texas, durante nuestras visitas anuales, Jim y yo charlamos, tomamos Manhattans y jugamos al gin rummy.

Jim era macanudo, un viejo duro.

Había trabajado muchos años para la Getty Oil Co. como ingeniero petrolero.

Mucho antes, cuando tenía diecinueve años, durante los años de la guerra, Jim Cardwell había ido desde Carolina del Sud, su estado natal, a California, a anotarse en la marina. Hizo el entrenamiento normal y lo mandaron al poderoso Essex, el portaaviones más rápido de los Estados Unidos, y el primero de veintidós portaaviones de la clase Essex.

Cada partida de gin rummy incluía anécdotas de esas épocas en el Pacífico. El portaaviones había estado en varias batallas.

El trabajo de Jim a bordo era asegurar que los aviones estuvieran en condiciones antes del lanzamiento. Él hacía todas las verificaciones pre vuelo y después las reportaba al *"shooter"*, el oficial a cargo de la catapulta, que daba el último OK. Todos los marineros de la cubierta de vuelo estaban siempre a la espera de los kamikaze. Y los ataques ocurrían.

Cuando le pregunté sobre los ataques, me contó que en un par de oportunidades podían verles las caras a los pilotos japoneses.

Los kamikaze le habían dado al Essex una vez, me contó. Fue después de Leyte, en las Filipinas. A fines de noviembre, estaban en una de las cubiertas de más abajo—no me acuerdo si me dijo la tercera cubierta. Habían estado mirando una película de Clark Gable. De repente, aullaron las sirenas y todos oyeron el llamado "puestos de combate". Todos salieron corriendo a sus puestos. Jim se acordaba de haberse dado vuelta mientras subía las escaleras y haber visto que la película todavía estaba en la pantalla y que las sillas estaban tiradas en un caos total. No se podía olvidar de ese momento.

Al llegar a la cubierta de vuelo oyó la explosión. Había habido muchos heridos y varias muertes, incluso algunos de los compañeros de Jim en la cubierta de vuelo.

Me contó algo que le había pasado después de la rendición de los japoneses.

Los americanos pasaban el tiempo de descanso en Japón ocupado. Había grupos de marineros, marines y soldados que salían de juerga en Tokio, cerca de la costa. No podían ir más allá de esa zona y todo contacto con los japoneses tenía que hacerse con cuidado. Después agregó:

— Nunca visité Australia durante la guerra, pero conocí algunos australianos en Tokio. A veces bebíamos con ellos. Conocí a varios que habían sido prisioneros; los habían llevado a Japón y estaban por volver a casa. Me acuerdo de ellos muy claramente. Una vez, en un bar, me senté junto a un muchacho que venía de un lugar llamado Mugga Mugga o algo por el estilo. El pobre tipo se había pasado tres años y medio como prisionero de los japoneses en Birmania. Estaba impaciente por volver a casa, aunque el padre le había contado en una carta que su hermano había muerto cuando las tropas británicas desembarcaron en Anzio ...

Jamás le conté, pero yo sabía el final de la historia.

ACONTECIMIENTOS SIN EXPLICACIÓN *

*"Aristóteles no era tan buen pensador
como Platón, no le llegaba ni cerca,
... Platón lo abrumaba totalmente."*
-Wolfgang Pauli

*L*a observación del tiempo y el espacio siempre ha fascinado a las mentes brillantes, ha sido como un imán para ellas—quizás tengamos que pensar en tiempo-espacio, según Einstein dictara el siglo pasado. Y, por supuesto, hay fenómenos estrechamente relacionados con el tiempo-espacio, como el caos, la suerte, y la probabilidad. Hemos visto un ejemplo de una gran coincidencia, o mejor dicho de una repetición de coincidencias. Encuentros inexplicables en tiempo-espacio.

Stephen Hawking—casi en forma esotérica—describe tres tipos de tiempo (todos ellos más o menos relacionados con el caos) y habla de la forma del tiempo. No voy a entrar en esos detalles, como se puede imaginar. Demasiado complicado.

∽

EN ESTE SEGMENTO no voy a elaborar sobre la coincidencia sino sacar conclusiones a partir de ideas que me vinieron a la mente hace muchos, muchos años.

Este año me tocó vivir otra gran coincidencia: unos amigos que aman vagabundear por Australia en su casa rodante se encontraron con alguien implicado en uno de mis casos policiales en un parque de caravanas al norte de Queensland. No puedo entrar en detalles porque el caso todavía no está cerrado del todo.

De cualquier modo, intentaré que este segmento sea breve.

Los libros siempre han sido una parte importante de mi vida. Siempre han estado en el centro de mi vida. Todo empezó cuando era chico.

Mi abuela me enseñó a leer cuando tenía cuatro años. Cuando tenía más o menos cinco, mamá me regaló un libro de Constancio C. Vigil, un famoso autor de cuentos infantiles por esas épocas. El libro se llamaba 'Juan Pirincho'. Era un cuento triste sobre un pajarito que estaba enfermo. Comía poco, estaba flaco, tenía cara de macaco, y a veces parecía loco. Él quería estar bien y les preguntaba a todos sus amigos cómo hacer para mejorarse. Todos tenían distintas curas para su enfermedad. El loro decía que tenía que comer sopitas de pan mojadas en leche o agua. Los otros pájaros le daban sus propias ideas basadas en lo que hacían ellos mismos, y todas eran verdad. El pájaro carpintero le decía que tenía que golpear los árboles con el pico. Quizás necesitaba tener hormigas en el nido, quizás tenía muchas plumas en la cola. Nada lo curaba. Al final vio a un médico de pájaros y el médico lo curó. La conclusión que saqué a los cinco años fue que todos tenían razón pero la verdad era flexible. Juan Pirincho había encontrado su propia verdad.

Más tarde, cuando tenía once, oí a papá hablar sobre la Teoría de los Campos Unificados, cuyas bases papá intentó explicarme cuando le pregunté, pero era algo que realmente no alcanzaba a comprender. Todo lo que entendí fue que nadie sabía toda la verdad.

Y mucho, mucho más tarde, estudiando Italiano en la universidad, me encontré con obras de Luigi Pirandello, que también estaba obsesionado con el concepto científico de la verdad. En ese momento entendí que la verdad objetiva era una construcción muy útil pero que realmente no existía. Por supuesto, mis amigos con mentalidad científica no estaban muy impresionados con mis ideas. Todavía no lo están.

Estudiando filosofía descubrí que las ideas de Heráclito—que he tratado brevemente en otra parte de este libro—no eran totalmente aceptables en el Occidente. No eran totalmente aceptables porque chocaban con la filosofía aristotélica. Él hablaba del tiempo y el espacio y la dinámica, y de su famoso río y cómo las cosas cambiaban. El pensamiento crítico y la ciencia analizan y disecan, mientras que para Heráclito todo fluye. Entonces hay un lugar para el pensamiento holístico en el que, a veces, las cosas se pueden explicar en forma diferente y dinámica. De alguna manera, ahí había una conexión con el pensamiento budista, del que también hablo en este libro.

Pero lo más increíble es que, donde sea que uno lea sobre la ciencia y cómo la ciencia no puede encontrar todas las respuestas en cuanto a verdad y realidad; donde sea que uno lea sobre verdad objetiva y cosas como el gato de Schrödinger —el de la paradoja—uno termina descubriendo la forzada relación que existe entre la mecánica cuántica y el resto de la ciencia. Los esquivos Campos Unificados. Y aparecen dos nombres: Niels Bohr y Wolfgang Pauli. En colaboración con otros científicos de principios del siglo XX fueron los primeros en estudiar la física cuántica.

El tiempo pasa. Todos sabemos eso. También nos movemos de un lugar a otro.

Leonardo Da Vinci notó una similitud entre el tiempo y el espacio y usó una hermosa metáfora visual para compararlos: un punto al moverse crea una línea en el espacio; un instante al moverse resulta en tiempo.

Carl Jung, un psicólogo analítico interesado en la filosofía oriental estudió la coincidencia: un grupo de circunstancias relacionadas pero no causalmente vinculadas. En 1930 inventó el término *"sincronicidad"*. Para 1952, después de muchos años de interés en el tema, Jung publicó un libro titu-lado *"Sincronicidad: un principio de conexión acausal"* (*"Syn-chronicity: an acausal connecting Principle"*). El libro incluía un estudio escrito por Wolfgang Pauli que, por su interés en la física y la mecánica cuántica, también estaba interesado en la coincidencia. La perspectiva de la ciencia tradicional con respecto a la sincronicidad es que no se distingue de la coinci-dencia: su única explicación es la suerte, es decir, una expli-cación en base a estadísticas y probabilidades.

Después de leer muchas definiciones de coincidencia de cien-tíficos y tecnólogos, llego a la conclusión de que no explican cómo la coincidencia ocurre. Algo muy parecido a la manera en que la ciencia no puede explicar cómo ocurren muchas cosas desde el punto de vista de la mecánica cuántica.

Según Platón, si la ciencia se contradice hay que desarrollar una nueva teoría. Si creemos en lo que él dice, necesitamos una nueva base filosófica de la ciencia para explicar los fenómenos de la física cuántica (y otros fenómenos, como ser la coincidencia).

Heráclito propuso que el camino que va hacia arriba es el mismo que el que va hacia abajo. Las verdades varían de acuerdo a la perspectiva. Juan Pirincho estaría de acuerdo.

EL MÉTODO PARA PASAR
QUÍMICA ORGÁNICA

—Por supuesto que sé muy bien lo que te digo. Tengo conocimiento de causa. Si se introdujera la educación enciclopédica en este país, Australia pasaría a ser uno de los centros de cultura del mundo. ¿Me entendés?: del mundo. El problema acá es esa reacción innata de los anglos que a veces exageran con lo de los derechos individuales. El sistema te tiene que dar la elección, aunque termines jodiéndote vos mismo. Por supuesto, los pibes eligen todas las materias facilongas: Dibujo y Fotografía figuran número uno y dos en la lista. La macana es que después tenés tipos que van a la Universidad y no saben que Burkina Faso es un país, o que en la época de Newton el Reino Unido no era un reino sino una confederación parlamentaria tipo república.

En la Argentina, como en otros países hispanos, el sistema enciclopédico se pudo imponer más fácil porque allá una cierta cultura general es *sine qua non* para cualquier actividad y porque, hay que decirlo, la gente es culta, que embromar. Por otro lado, también es fácil porque nos cagamos en los derechos individuales. Pero, mirá, *having said that*, mi experiencia personal es que la aplicación del sistema puede ser bastante flexible.

Dejame que te cuente, en mi caso, esa flexibilidad se combina con uno de los episodios más hermosos que te puedas imaginar. Algo que cambió mi vida. Es un tema que puede tocar otros problemas éticos y morales pero que para mí, como te digo, fue algo hermoso. Quizás haya sido suerte, quizás no.

Yo sé que es difícil que me entiendas, en esta época y en Australia, pero mirá: para explicarte como se puede dar la mano, el asunto es hacer de cuenta que tenés diecisiete años, que es mil novecientos sesenta y que estás en la Argentina de mis tiempos.

A los diecisiete años, el tiempo se mide en momentos de minas y momentos de sequía. Este es un momento de sequía. Y encima, Marcela te acaba de largar a vos, no vos a ella. En cosas de minas, largar o que te larguen es de una importancia increíble. Si tu autoestima pudiera medirse con un termómetro, estarías a unos cuantos grados bajo cero. Por supuesto, esos temas no se comparten ni con los mejores amigos. En la superficie sos pura sonrisa y seguís haciéndote el canchero y el popular. Pero, como repite tu mamá, la procesión va por dentro.

Digamos que en el departamento estudios las cosas no te van mejor. Bah, en este momento en particular, de acuerdo con tu lógica, la vida es una mierda:

a) el Colegio Nacional de Adrogué es el centro del mundo conocido.
b) tu vida transcurre en el centro del mundo conocido.
c) te va mal en el Colegio, por ende la vida te anda mal.

(Como aplicación de un principio filosófico está bastante piola, ¿o es un principio matemático? y si sos tan bueno para esas cosas, ¿cómo es que no pasás matemáticas?)

Las materias se pasan con siete. Los que sacan menos de siete tienen que dar examen en diciembre. Menos de tres y se van a examen en marzo. Vos pasás las fáciles, pero en las importantes fallás o estás en veremos. En matemáticas no tenés redención posible: te la llevás a marzo. (El problema con matemáticas es la Dra. Wiesenthal. Esa mina aterroriza a la gente. Y vos sos muy gente). Física está en veremos. Química está también en veremos. Psicología: cuestión que mantengas la nota en el último trimestre.

EL DÍA ES UNA LOCURITA. La primavera en Adrogué es casi tan linda como el otoño. Lo único que tenés que hacer es caminar esas cuadras que te llevan desde la estación de tren al Colegio. La caminata al salir de la estación da la sensación de ser un embudo: siempre vas a parar al Colegio. Aunque ya se está viniendo el calorcito y el Colegio es una imposición que a esta altura del año es casi inaguantable. Venís pensando en la fiesta del sábado. Es la época de los mejores bailes. Los chicos normalmente de traje, o chaqueta blanca y pantalón negro, y las pibas muy arregladas, pero nunca de largo. La norma es que los bailes, o los "asaltos", empiecen con rock furioso tipo *Bill Haley and the Comets* y terminen con Los Panchos, o con alguna otra música muy lenta y muy romántica.

Tu amigo Jorge Rey está parado en la vidriera de la librería *Domine* haciendo pinta. Hacer pinta es parecerse a Jean-Paul Belmondo. Cuando te vas acercando te das cuenta que Jorge tiene el cigarrillo agarrado entre los dientes.

— ¿Qué hacés, gil? Fumá bien, ¿querés? ¿Quién te creés que sos? — Tu risa es sobradora. Jorge te ignora porque sigue haciendo pinta mirando a la hermanita del flaco Conti, que se ha puesto cada vez mejor.

— Pibe, vos nunca vas a aprender. —Jorge se baja los anteojos negros a la punta de la nariz y te mira con el desdén de alguien que está en la onda. Después se pasa el pulgar por los labios, esperando que Tina Conti se digne mirarlo. Ella, muy femenina, sigue caminando con los libros apoyados en la cadera, sin dar vuelta la cabeza por un segundo.

— *¿Cosa facciamo?* ¿Tenés ganas de entrar? —la pregunta implica que tenés ganas de ir a cualquier otro lado menos al Colegio.

— No. Hoy está como para hacerse la rata en el zoológico. Mirá que cielo, loco, rajémonos. ¿Vamos?

— Vamos.

El tren. La confitería en Palermo. La vuelta hasta La Biela. La caminata por Alvear. Minas por todos lados. ¿Cómo hace la gente para poder vivir sin tener que ir al Colegio esas mañanas hermosas? Vos, mientras tanto, tenés que estar metido ahí adentro, aburriéndote como una ostra y viendo la cara de amargura de la Wiesenthal. Encima cuando te hacés la rata, que podés disfrutar lo que disfruta el resto del mundo, te agarra como esa sensación de culpa que no se te va hasta el día siguiente.

~

HABLANDO DEL DÍA SIGUIENTE, tenés Literatura, aunque con ésa no hay problema, porque Toto Estrada es macanudísimo.

Estrada les habla a los alumnos como si fueran seres humanos, no pendejos. Ha hecho milagros con la clase. Porque hacer que al gallego Martínez le guste Góngora es un milagro. También ha logrado que vos leas unos cuantos libros que no estaban en el programa, y te ha despertado el interés en el Renacimiento y la Reforma que, según dice, fueron épocas cruciales en la cultura europea. A veces el Toto se pasa. No le preocupa salirse de la materia y empieza a charlar con Jorge y con vos como si ustedes fueran amigos de veras, o como si fueran grandes.

Uno de los problemas que tenés es Psicología: la Duval es una de esas minas que uno nunca sabe para qué lado va a agarrar. Por ahí un día no sabés nada y te pone un diez porque estaba feliz. O por ahí viene torcida y te suena aunque sepas. Sin comerla ni beberla.

Y después está Química. Empezaste sacándote un uno en el escrito. Eso quiere decir que para aprobar te tenés que sacar dos diez.

Pero lo que pasa con Química es totalmente distinto de lo que pasa con las otras materias. La materia es un bodrio. Ya estás de Mendcleieff y de diagramas con letras y dibujitos hasta las orejas. Pero por el otro lado está la Bernardini, que es algo sensacional. "Re buenaza" no es la palabra. Tiene un poco lo que te gustaba de Marcela: esa voz *sexy*, y esa manera tan femenina de moverse y de reírse cuando vos decís alguna pavada, pero además hay algo reminiscente de Ava Gardner que vos no sabés definir. Quizás sea el pelo renegrido o los ojos verdes achinados. Quizás la madurez, la experiencia. La Bernardini, como Estrada, a veces te da la sensación de ser una amiga más.

Lo único que te molesta es ese no poder comunicarte con ella, porque está en una cosa tan distinta de la tuya, en fin. Vive en un mundo científico en el que vos sos extranjero. Un extranjero analfabeto. A esa altura ya has aprendido que hay gente a la que no le gusta lo que te gusta a vos, y que hay gente a la que no le gustás vos, hagas lo que hagas, y que hay gente a la que le gustás vos aunque ellos no te gusten.

Pero con la Bernardini se te dan algunos momentos; vos sabés que hay una cierta simpatía, a pesar de esa divergencia total que puede haber entre las cosas que le interesan a un humanista (porque vos ya te considerás un humanista) y las que le interesan a una científica. Así que hay veces en que charlás con ella de bueyes perdidos en el recreo, y ella, como que acepta que le hables y a veces hasta te sonríe y todo.

Ya ha pasado la hora de Literatura, que fue una papa porque Jorge y vos se pusieron a charlar de películas francesas con Estrada y él terminó olvidándose del Lazarillo de Tormes, lo que resultó en el agradecimiento general del resto de la clase.

Y también pasó la hora de la Duval, que estuvo hablando de algo que ni siquiera te acordás, pero ahora te quedaron palabras sueltas, como "Gestalt" y "cognoscitivo" y también te acordás de cómo se rieron todos cuando la Duval explico que Woodworth había dicho algo sobre las escuelas de psicología en 1931 y Raúl había preguntado "¿que dijo que el qué es qué?

Suena el timbre y vos tenés esa certeza agobiante de que con el fin del recreo se acerca la hora de la verdad, porque hay muchas posibilidades de que la Bernardini te haga pasar al frente y quiera que hables de compuestos alifáticos y de la Ley de Maxwell-Boltzmann. También es posible que te ponga una nota, que seguramente va a ser bastante menos de diez, porque no sabés absolutamente nada ni de alifatos, ni de Maxwell y Compañía.

Irse a examen en Química puede llegar a ser una pesadilla de la cual no se sale nunca más. Si te suena, andá olvidándote de la universidad para toda la cosecha.

Tenés que hacer algo. Si no das el primer golpe, te puede costar la vida. Tu mamá dice que si no hablás, la gente no puede adivinar qué es lo que querés.

— Señorita, necesito hablar con usted ahora.

— ¿Qué, ahora mismo, que tenemos que hablar de compuestos alifáticos y de sales?— las palabras son como cáscaras vacías, sin el menor sentido. Solamente se te queda en la mente la palabra "ahora".

— Sí, ahora mismo, si es posible (¿sos vos el que está diciendo eso?)

— A ver, esperá un cachito—se da vuelta para hablar con el resto de la clase y vos estás tan cerca que casi visualizás el perfume que usa, y tus hormonas entran en órbita solamente con rozar el conjunto de *Banlon*® que tiene puesto. —Bueno, chicos, me van escribiendo todo lo que se acuerdan de los tres últimos puntos de la bolilla. Esto no es una prueba, pero en unos diez minutos les voy a preguntar qué escribieron. ¿Okey?

Cuando termina de hablar con los otros y se da vuelta, estás vos solo frente ella, a medio centímetro de distancia, peleando con el aroma del *Intimate*, que te invade los sentidos; el miedo de sonar en Química, que es como la Muerte cabalgando a tus espaldas; las hormonas, que siguen en viaje balístico, y tus mejillas, que han tomado un color bermellón subido y que podés sentir debajo de la piel, caliente como después de la playa.

— ¿Y? A ver, Campos, ¿qué era lo que me tenías que decir que era tan importante?

— Mire, en fin, no sé muy bien como empezar…

— ¿Qué tal si empezás por el principio?

— Bueno, usted sabe que la simpatía que siento por usted es quizás tan fuerte como la antipatía que le tengo a la Química.

— No entiendo qué me querés decir.

— Yo sé que puedo ser franco con usted y que usted me va a entender. El asunto es que los dos sabemos que el momento que salga de este Colegio, haga lo que haga, jamás voy a volver a usar Química en ningún otro lado, así que lo que pueda aprender acá me va a resultar totalmente irrelevante en la vida.

— ¿Por qué? ¿Qué vas a hacer?

— Voy a escribir, por supuesto.

— ¿Y qué vas a escribir?

— Por ahora , lo que hago es poemas y trozos de prosa. Es todo bastante inconexo y un poco como para consumo propio, pero ya lo voy a hacer profesionalmente.

— Me parece muy macanudo ¿y qué querés que haga?

— Me tengo que sacar dos diez para pasar la materia. Todo lo que necesito es que me dé la posibilidad de hacerlo.

— Mirá, Campos, no te prometo nada, pero vamos a hacer un trato: vos me traés las cosas que escribís. Especialmente me gustaría ver tus poemas. Yo los leo. Si veo que realmente tenés pasta de escritor, te doy temas para que des dos clases especiales. Pero las tenés que preparar bien, ¿okey? —Mientras dice "okey" vos le analizás los labios, las mejillas, el lunar, y te preguntás si esos ojazos verdes te miran con ternura maternal o qué. Quizás le hayas dado lástima, en fin, lo importante es que tenés una chance.

—Okey. El jueves le traigo algo para que lea.

La mandíbula de Jorge no le llega al suelo, pero está bastante más floja de lo normal. Tiene los ojos abiertos y redondos y guarda los anteojos negros en el bolsillo del saco.

— ¿Eso le dijiste? —Jorge va caminando de espaldas, delante de vos, como para no dejarte pasar si no le contestás. La curiosidad lo mata. ¿Y la mina aflojó? Vamos, macho nomás. Sos un genio. Contame, ¿qué más te dijo? Loco, la mina está con vos. Ponele la firma. — (este Jorge, cuando se entusiasma se pone a hablar pavadas).

— No, nada que ver. Me dijo que me va a dar una chance que hasta ahora casi no tenía. porque sacarme dos diez sin ayuda, con la mierda ésa de materia, hubiera sido más que un milagro.

— No, pibe, escuchame. Ahí hay algo más. La mina está con vos, haceme caso. Mirá que habías sido entrador, pendejo.

— Dejate de decir boludeces, ¿querés? es un arreglo muy especial, pero estrictamente profesional— la idea, sin embargo, te halaga tanto que no te podés borrar la sonrisa de la cara.

El JUEVES, un minuto antes de empezar la hora de Química, te acercás al frente y, en silencio, dejás una carpeta de cartulina verde sobre el escritorio, mirando a la Bernardini a los ojos. Después, de manera alevosa, ponés tu mejor cara de inocente y sacás una florcita medio marchita del bolsillo superior del saco, la sacudís un poco con la otra mano como para sacarle la pelusa, y la ponés sobre la carpeta. El efecto es teatral. Das la media vuelta y te vas. Silencio. La Bernardini levanta carpeta y florcita y las pone su portafolios. Durante la clase, tanto ella como vos siguen con sus mejores caras de póker, como si no hubiera pasado nada. Vos te acordás de tu mamá y de la procesión, que esta vez viene haciendo un increíble ruido por dentro: cantos gregorianos y todo.

El LUNES ESPERÁS que llegue el martes pronto. El martes, esperás que llegue la hora de Química, y te parece mentira estar esperando eso. Pero lo que te pasa es que la querés ver a ella, no te importa lo que diga, que te dé una chance o no. Ya no te importa ni irte a examen en esa materia de mierda.

En medio del barullo de siempre, se abre la puerta y aparece ella agarrando los libros con un brazo y apoyándolos en esa cadera de diosa griega que tiene. En la otra mano lleva el portafolios. Se hace silencio, que es lo que se supone que tiene que pasar cuando llega un profesor. Ella deja el portafolios sobre el escritorio y hace señas con la mano para que se sienten los que están parados. Empieza a hablar de cosas que vos no oís, porque todo eso que normalmente es tu realidad ya ha pasado a ser irreal. Todos los demás se ponen a sacar las carpetas que tienen dentro de los pupitres. De repente, los ojos verdes te miran y te sonríen:

— Campos, acercate un momento.

Vos te parás y vas caminando como un autómata a la plataforma. Los chicos ya están escribiendo algo que es un misterio total para vos. La irrealidad se hace más irreal. El perfume envuelve tus diecisiete años como una neblina. Los ojos verdes están muy cerca y la sonrisa de los labios articula palabras que te envuelven todavía más.

— ¿Entendiste? ¿Qué te pasa? ¿Estás bien?

— No, es que me acosté muy tarde ayer, y encima tuve una mala noche, que sé yo, con pesadillas y eso.

— Te decía que escribís muy bien. Me gusta. Me gusta mucho. —la sonrisa tiene algo de tierno, de intimidad compartida, o quizás te parezca a vos, que para esta altura ya te admitís a vos mismo que estás en medio del metejón más absurdo — Mirá, acá tenés tus escritos. Me quedé con una página que quiero releer. No hay problema con lo de las dos clases especiales. Pero no creo que lo podamos discutir ahora. Lo que te propongo es lo siguiente: venite por casa el miércoles a eso de las siete y media. Te puse la dirección y el número de teléfono en la carpeta. Ahí charlamos de tus escritos y yo te sugiero varios temas para las clases, vos elegís los dos que más te gustan, ¿te parece?

— Okey.

~

IMAGINATE la cara de tu amigo Jorge cuando salís al recreo y le contás: va del entusiasmo al éxtasis y de ahí a la sonrisa canchera.

— Te lo dije, loco: la tenés totalmente derretida.

— Pará la mano. No tenés idea de lo que decís. Me parece que a vos te impresionó demasiado *Té y Simpatía*. Las películas son las películas. Esto es la vida real. Yo conozco muy bien el tono en que me habla. (A esta altura ya sabés que Jorge tiene razón y te querés convencer a vos mismo de que no pasa nada porque tenés miedo de la caída). No pasa nada. ¿Por qué me va a dar pelota a mí, decime, con las posibilidades que tiene? Debe tener tipos dándole vueltas alrededor como moscardones. No sé, tipos grandes, con guita, con auto, de todo. Yo, ni siquiera una puta motoneta tengo.

— Mirá, lo único que me tenés que prometer es que si pasa algo me lo contás (para Jorge, el triunfo tuyo va a ser un triunfo del proletariado estudiantil contra la patronal del profesorado).

— Seguro, sin el menor problema. Total, no va a pasar nada.

Después de todos los preparativos, después de haber pensado y repensado, de haber ensayado cincuenta mil veces las cosas que le vas a decir, llegás a casa de ella, de riguroso *blazer*, tu mejor corbata, mocasines nuevos y un toque de *Aqua Velva Ice Blue* en la cara (no mucho, porque con esas cosas mejor no exagerar). La casa es un viejo chalet tipo francés, de dos pisos, con hiedra cubriendo la pared del frente y techo de pizarra con musgo. Cuando tocás el timbre tenés unos nervios espantosos, pero lo único que te pasa por la cabeza es que querés verla. Lo más extraordinario de todo, y lo que te seguís repitiendo a vos mismo, es que ella no es una mina: es una profesora, y vos no estás yendo a visitarla: vas por un asunto estrictamente de estudios. De alguna manera, lo que sentís es muy distinto.

Cuando abre la puerta, es como una película en *Technicolor* (con los años uno aprende que esos momentos se repiten muy pocas veces y que, cuando los estamos viviendo, la única onda lógica es gozarlos intensamente).

La sonrisa. El ademán haciéndote pasar. Esa voz tan atractiva. Y esa seguridad en sí misma que tiene y que se le nota en cada movimiento. Todo es perfecto. Mientras mirás el living, muy provenzal y muy bien puesto, se te vienen a la mente las cargadas de Jorge, aunque enseguida se disipan.

— Pasá, sentate. Yo estaba por tomar un café. ¿Querés uno? — el tono es muy natural, pero no suena ni cercano a como suena en clase. Quizás te parezca, nada más, porque ella sigue caminando, como para buscar el café.

— Me encantaría. ¡Qué bonita su casa! — (¿se dará cuenta, aunque esté de espaldas, que no le podés sacar los ojos de encima?).

— Ah, muchas gracias, ¿viste? Está todo tal cual lo dejaron papá y mamá. Traigo unas masitas, también— desde la antecocina, la voz suena como con eco.

— Bueno — levantás un poco la voz — ¿Le importa si fumo?

— No, prendeme uno a mí también. A veces me da por ese lado. ¿Vos sos Alberto, no? A mí me tenés que llamar Susana, porque no estamos en el Colegio, ¿okey?

— Okey.

Sentís un alivio que te pone en control de vos mismo otra vez. Ya estás en la recta final y venís solo a varios cuerpos. Está con vos. Tu mente parafrasea a Carlitos Gardel. Hasta podés oír los compases y el guitarreo de la milonga en algún lugar que debe estar cerca de tu nuca: "… esta carrera, ñata, ya la gané con mi pingo".

Vuelve en ese momento. Pone la bandeja sobre la mesita y se sienta cerca, con las rodillas juntas, apuntando hacia tu lado.

— Bueno —por una fracción de segundo, el tono se asemeja al de la profesora, pero enseguida se diluye en ese otro tono íntimo que te calma tanto — quizás deberíamos empezar con las clases, pero primero te quiero decir que tus escritos son de una sensibilidad admirable. Creo que si no escribís vas a desperdiciar algo muy importante. Y todos los demás vamos a perder algo muy lindo. No sé para qué lado te va a dar, no sé si vas a ser novelista, o guionista, o qué. Pero, si un pedido mío tiene algún valor para vos, te pido que consideres dedicarte exclusivamente a eso. — las dos manos, tibias, toman la tuya.

El detalle de lo que sigue es algo que quizás tenga que quedar sólo en tu mente. El beso queda, indeleble, como el primer beso de mujer de veras. Las palabras y los susurros de Susana, mezclados con los tuyos, todavía se te aparecen en la noche, o cuando vas caminando esos atardeceres, después de tantos años.

— Esto no se va a repetir — te dice interponiendo la mano por un segundo, y la imagen de Deborah Kerr en *Té y Simpatía* se te mezcla con la sonrisa cargosa de Jorge —no se va a repetir porque, en primer lugar, no tenía que haber pasado. Pero está pasando porque vos y yo queremos que pase y porque lo necesitamos. Vos sos un ser humano hermoso y yo siento que sos como un hombrecito mío, pero en realidad no lo sos. Vos sos de alguna piba que va a aparecer en tu vida y que te va a querer y a seguir al otro lado del mundo, si es necesario. — las palmas de las manos de ella se juntan en tu mentón mientras te van enmarcando la cara, y los ojos verdes te sonríen muy de cerca, junto con los labios, que se acercan para besarte otra vez — De cualquier manera, esto va a ser tuyo y mío, para siempre.

~

JORGE, firme en la brecha, está apoyado en la vidriera de la librería. Vos te le acercás con cara de triunfo.

— Viste, loco, volvimos a la realidad. Me dio los temas, cosa que para mí ya es algo sensacional. Pero no pasó nada. Es una flor de mina, Susana.

— Ah, ¿ahora le decís Susana? Yo sabía que iba a pasar algo.

— Mirá que sos gil, ¿eh? Te hago entrar todas las veces. — Jorge se ríe, como aceptando la broma.

— ¿Vamos a Palermo?

— Vamos.

~

A LOS MESES estás totalmente metido en el ambiente de Filosofía y Letras. Un día la ves pasar mientras esperás el colectivo para ir a Lomas de Zamora. Va con un grupo de amigos. Desde lejos, te hace una sonrisa cómplice que solo vos entendés.

QUÍMICA ORGÁNICA *

*E*l cuento es solo eso: un cuento. Cambié los nombres, por supuesto, para proteger a los inocentes. Y éramos todos inocentes. Lo escribí en 2010, como parte de las festividades de la Escuela Normal de Banfield durante el 50º aniversario de nuestro egreso de la secundaria en 1960.

La narración tiene otras peculiaridades que son: 1) es un largo monólogo, una diatriba de un hombre maduro que empieza criticando el sistema educacional de Australia contando a su hijo la historia de un romance que tuvo con su profesora de química y 2) es un estudio de narración en segunda persona del singular.

Las historias de amor, o fascinación, entre educadores y estudiantes no son nada nuevo. Deben haber ocurrido muchas veces antes y seguirán ocurriendo porque son parte de la naturaleza humana. Nos enamoramos. Sin que importe la edad.

En la película británica de 2006, *Diario de un Escándalo* (*Notes on a Scandal*), con Cate Blanchett, el escándalo es exactamente ése, se descubre que una profesora tiene una relación sexual con un estudiante. Una profesora mucho mayor, el personaje de Judi Dench, usa el asunto manipulando al personaje principal para que sea su amante. Al final el personaje principal recibe una condena de diez meses de cárcel. En este caso, la película se centra en lo que pasa entre las dos mujeres two más que en la relación sexual con el estudiante.

Recientemente, en la vida real, ha habido varios casos similares. El más notorio, el más famoso y espectacular, fue el de Mary Kay Letourneau y Vili Fualaau, una maestra de sexto grado y su alumno de trece años de edad. Ocurrió a finales del siglo XX. La policía se enteró de esa relación sexual ilícita y Mary Kay, que tenía cuatro hijos, fue sentenciada a pasar tres meses en la cárcel. En ese momento se le prohibió que viera a Vili. Tuvieron otro encuentro mientras se les había prohibido verse y ella tuvo que pasar cuatro años más en prisión.

Al salir de la prisión, Vili y Mary Kay se casaron. El matrimonio duró doce años y tuvieron dos hijas. Ella murió en 2020, de complicaciones relacionadas con el cáncer, cuando tenía 58 años de edad.

Se consideraban mutuamente "el amor de su vida". La peor parte de la historia es que a Mary Kay la registraron como pedófila (que sin duda era después de su relación con Vili) aunque no tenía un historial de pedofilia.

En nuestro cuento, en el caso de Susana y Alberto, es solo un encuentro. Un hermoso encuentro en *Technicolor*, nada más. Sin embargo, permitime enfatizar algo: pasé Química Orgánica.

DIFERENTES REALIDADES - UN RELATO DE SENECTUD AUSENTE

-*A Anni ,*
por su generosa ayuda.

"Clareaba: una detenida luz general definía ... la puerta y la ventana cerradas, la mesa en blanco. Pensé con miedo ¿dónde estoy? y comprendí que no lo sabía. Pensé ¿quién soy? y no me pude reconocer. El miedo creció en mí. Pensé: Esta vigilia desconsolada ya es el Infierno, esta vigilia sin destino será mi eternidad. Entonces desperté de veras: temblando." - *Jorge Luis Borges*

Subió los escalones de a dos. La escalera estaba en penumbras; el pasamanos brillaba con su oscuridad de caoba. Así era el trabajo, como siempre, tenía que ir de una punta del edificio a la otra. Alguien había ordenado cerrar la puerta más cercana que iba al Senado. Tenía que dar toda la vuelta.

Pasó por la Secretaría de la Cámara.

- Buenos días, Pintos. - El ordenanza lustraba algo y habló sin darse vuelta a mirarlo.

- Buen día.

Tenía un largo corredor por delante. Las baldosas, con su diseño tan típico, se multiplicaban al caminar. La luz del patio llegaba mortecina y como sin querer. La suela del zapato izquierdo se obstinaba en su ruidito, a pesar de haber llovido.

El decreto ya tenía que estar en el Senado. Pasó por la Biblioteca, apurado. Desde el Gran Hall se podía vislumbrar Pasos Perdidos al otro lado del edificio. Siguió de largo. El Senado, con sus corredores y pasillos secretos era, en su mente, algo más que un hermoso laberinto. En el Senado, la presencia de su padre lo seguía, como un manto invisible, por todas partes.

Dejó el expediente con el decreto sobre el escritorio del empleado.

— Pibe, ¿Esto es para el Secretario?

— No, es para Edmundo Rivero. – Le había molestado lo de "pibe". Ya hacía diez años que trabajaba en el Congreso. Era Secretario de la Dirección de Ayuda Social. La gente en Diputados lo conocía. Entendía, sin embargo que el Senado era otro mundo.

Se dio vuelta al salir.

— Ah, y lo quiere *ahora*.

LAS BALDOSAS DE CALLAO, rotas como siempre, querían ser nuevas otra vez: resplandecían con cada gota. Cruzó la calle agarrándose el cuello del piloto. Con lluvia y todo, la caminata hasta el departamentito de Lavalle y Paraná compartía sus interminables sorpresas. Corrientes era una fiesta de librerías y cines. Al llegar al departamento miró el radiador, que nunca había funcionado. Tenía que comprar una estufa. Después de colgar el saco en el ropero se quedó dormido pensando en la película francesa del sábado: Anouk Aimee.

ESPIÓ con un ojo sin entender mucho. Fue abriendo el otro ojo de a poco. Eso tampoco lo ayudó.

Estaba en una casa ¿De quién sería? ¿Sería suya? ¿Quién era esa mujer durmiendo a su lado? ¿Sería su esposa? Todas esas cosas que lo rodeaban tenían algo de familiar pero con un dejo ajeno que no sabía explicar.

Inés, medio dormida, estiró la mano en una caricia tibia. El tiempo volvió de a poco, libre de toda metáfora: veintiséis años de casados, la casa en la Gold Coast. Él era él. Era traductor. Muchos viajes. Mucha vida juntos.

Le explicó a Inés lo que le había pasado y terminaron riéndose. Había sido como una ausencia un tanto cómica. Un estar sin haber estado. No saber. No entender qué era qué. El episodio quedó atrás sin que le diera mayor importancia.

ESA SEMANA TENÍA PLANEADO un viaje a Melbourne. Las cosas sucedieron sin prisa ni pausa hasta que se vio en el aeropuerto de Coolangatta. El vuelo, las azafatas. Zoe que lo fue a buscar. Su hijo, Rodrigo, charlas, y el viaje hasta Sorrento. La casa de veraneo. Ese ambiente tranquilísimo de la bahía. Cenaron en una pizzería cercana.

EL SOL EMPEZABA A ENTRAR por la ventana. Se despertó solo en ese dormitorio desconocido. Había un remo en la pared y otras alusiones náuticas. Pero nada le decía qué era qué.

¿Dónde estaba? ¿Quién era? Aterrado, se levantó y fue caminando por un corredor ignoto. Dante no había llegado a imaginar algo como la abstracción de una fecha, pensó. Un espacio sin nombre. Un universo, real pero desconocido. El infierno, se recordaba a sí mismo, es más que el Conde Ugolino comiéndose a sus hijos. La desesperación–esa desesperación un tanto eterna–fue disipándose al llegar al final del corredor. En ese momento entendió que estaba en Sorrento. Poco a poco descubrió que existir en Victoria era una posibilidad.

CAMINABAN por Banfield hablando de pavadas. La política, la literatura, las minas, el cine, todo se mezclaba con las continuas bromas de la juventud. El lugar era todo el mundo. La calle Alem llevaba de Leblón–que era *la* confitería de Lomas–a la Munich, enfrente de la estación de Banfield. Cortázar y Wilde paseaban con ellos y soltaban dichos, profundos a veces, ingeniosos, otras. Spinoza, más oscuro, los seguía a unos pasos, ordenando el universo. ¿Habría otra vida que no fuera ésa? Juan escondía sus miedos detrás de una inteligencia y una cultura que alguna vez habían sido precoces. ¿Dónde estaba el futuro? Ernesto, que entendía todo como era menester entenderlo, prefería hablar de mujeres.

La Argentina, con sus idas y venidas políticas y económicas, seguía imposibilitando una vida normal, por lo menos de la manera que él la imaginaba. "Vivir se puede pero no te dejan" había dicho alguien. Era verdad. La única salida–por más tautológica que fuera–era irse. Las vanas y medievales advertencias de Juan sostenían que el Atlántico no llevaba a ninguna parte, que al llegar al borde uno se caía.

ESA NOCHE LLEGÓ AL DEPARTAMENTO, vía vagón casi vacío del Ferrocarril Roca. Constitución y subte. Se acostó lentamente. Buenos Aires terminó mezclándose con el mundo de su pueblo onírico. El jardín de invierno de la mansión de su tía Chile. Una fiesta interminable, eterna, infinitas veces repetida, con gente desconocida. Salió al balcón, desde donde podía ver la Avenida Meeks en la penumbra. Se fue sin hablar con nadie. Y sin hablar con nadie recorrió la calle con las recovas de ladrillo, con sus estatuas, también de ladrillo, y su iglesia roja y lúgubre. Cruzó el puente y llegó a la calle de la cuesta, por donde bajaban los portugueses y los vietnamitas. La lógica ya había desaparecido y él lo sabía. El subconsciente reinaba solitario.

SE DESPERTÓ, después de ducharse, apoyado sobre la puerta del placard. No entendía muy bien qué estaba pasando, porqué las cosas estaban así, todas desordenadas. Inés le explicó, repetidamente, que venían a cambiar la moquette de los dormitorios. Poco a poco fue entendiendo ese presente otra vez.

Los episodios se multiplicaron en forma exponencial, más que algebraica, geométricamente, una y otra vez. Sentía que sus ausencias, todavía lejanas e insondables, eran casi poéticas.

El neurólogo le explicó que, en su cerebro, había conexiones que a veces no llegaban a realizarse. Era una enfermedad del alma que requería medicación para el cerebro. Él lo aceptó sin decir palabra. También entendió que todo su pasado había sido un sueño. El tiempo y el espacio no existían. La realidad era solo el presente. La vejez, Offenbach, y sus pájaros.

ESCRIBIR IMPLICA ALGO MÁS*

$\mathcal{A}$l escribir este libro descubrí que los autores no tienen el más mínimo recato. Su vocación incluye desvestirse, sin la menor vergüenza, ante todo el mundo.

Un actor lleva una máscara. A los escritores, aun cuando escriben ficción, les importa poco mostrar un cierto grado de desnudez.

Y no es puro alarde.

En su esfuerzo por comunicarse, deben elegir la mayor vulnerabilidad. Directa o indirectamente, es como si debieran decirle al mundo no solo lo que piensan sino a veces, también, cómo piensan.

NOTAS

5. BORGES Y EL LIBRO DE ARENA *

1. 1 *Wilson*, y el segmento que acompaña el cuento, *Borges y el Libro de Arena*, fueron publicados respectivamente en las ediciones de marzo de 2018 y junio de 2019 de *Encuentros en Recoleta*, una revista electrónica de Buenos Aires.

6. UNA CONSPIRACIÓN CONTRA EL TIEMPO

1. Este cuento corto fue publicado en una revista literaria en el año 2000, en Europa, bajo el título *Evidencia de una conspiración contra el tiempo – Documento probatorio "A", Revista Abril, January 2000, Luxemburgo.*

RECONOCIMIENTOS

Tengo una enorme deuda de gratitud con Inés, que me ha demostrado que algunas esposas cuentan con una paciencia inimaginable.

También le tengo que agradecer a Zoe McKenzie, mi nuera, que leyó y editó cada uno de los cuentos en la versión inglesa y me brindó gran asesoramiento e información durante todo el proceso.